Fred MUSSARD

Quelque part du côté de Sirius

1

Il était dix-heures quand je m'engageai dans le chemin caillouteux et partiellement boueux qui s'enfonce dans la vallée dite de *La Petite Crête*, dans la commune de Saint-Joseph, à mi-hauteur d'une falaise dont la paroi verticale et de hauteur impressionnante, porte tant bien que mal une végétation variée d'arbres, d'arbustes et de lianes sauvages. Cela fait des années que, chaque dimanche, j'accomplis ici mon jogging quasi-rituel, le plus souvent seul, lorsque ma journée dominicale n'est pas accaparée par des civilités familiales ou autres. Comme il est impossible, même à coups de moyens faramineux, de sécuriser complètement cette falaise instable et de garantir la sécurité des usagers, la municipalité a préféré prendre les devants en y interdisant toute circulation. Un petit panneau métallique rouillé depuis longtemps, cloué sur un avocatier, le rappelle à tous ceux qui veulent bien lever la tête. Désormais, seuls quelques tenaces propriétaires de vergers, d'intrépides chasseurs de tangues et d'audacieux chapardeurs osent encore s'y aventurer à leurs risques et périls. Il est bien fini le temps où de petits camions têtus empruntaient ce parcours qui mérite de figurer dans l'émission de télévision, *Les routes de l'impossible,* pour livrer leur chargement de cannes à sucre à la balance la plus proche, en s'évitant un long détour. Faisant fi de l'arrêté municipal, ils ont dû pourtant se faire une raison le jour où une large portion de route a disparu dans l'abîme.

Ce chemin m'est familier parce que je l'emprunte une fois par semaine et pour une autre raison : il présente plusieurs points communs avec les trois quarts des routes réunionnaises – et pas seulement celles de montagnes – dûment bitumées, bichonnées par la Direction Départementale de l'Equipement parce que fréquentées quotidiennement par des milliers d'usagers. Ce genre de piste se nomme, pour les initiés, une « route en corniche », c'est-à-dire une route creusée à flanc de falaise, avec d'un côté un rempart infranchissable, de l'autre un abîme.

Après les fortes pluies, le même spectacle chaotique afflige le promeneur téméraire : parois lessivées offrant l'aspect d'une ravine verticale, amas d'arbres déracinés, de terres et de galets barrant entièrement le passage. Le genre de scène qui illustre parfaitement ce que les autorités appellent une « zone naturelle à risques ». C'est donc cette piste dangereuse que j'emprunte depuis une date immémoriale pour effectuer mon footing hebdomadaire et que, pas fou tout de même, je prends soin d'éviter les lendemains de grosses averses, me contentant alors de piétiner sur une piste du bord de mer plane, inoffensive, mais insipide.

Tout en progressant à petites foulées, je regardais souvent vers le haut, spéculant sur tel ou tel éperon rocheux qui, par sa position audacieuse, semblait défier les lois de la pesanteur et dont la chute inévitable dans une semaine, un mois ou une année entraînerait dans son sillage des milliers de mètres cubes de tout-venant. Il ne ferait pas bon de se trouver sur la trajectoire de cette masse incontrôlable. Or, ce n'était pas un point particulier de la falaise qui risquait de s'effondrer mais bel et bien la falaise toute entière. Point besoin, en effet, d'être géologue pour prévoir qu'au fil des années, la pluie, le vent, le soleil, les secousses telluriques, agissant de concert, finiraient par changer radicalement la configuration de ces lieux voués à une perpétuelle évolution, selon le cycle bien connu : les ravines se creusent, les sommets s'arrondissent puis s'aplanissent, les falaises s'effondrent...

Pourquoi m'obstinais-je à suivre une piste dans une zone officiellement classée à risques ? D'abord, le danger n'est pas présent sur tout le parcours ; un peu plus loin, en effet, les falaises abruptes s'écartent et la vallée élargie offre une sorte de plateau assez vaste où s'épanouissent à l'abri du vent des vergers tropicaux favorisés par un microclimat. Ensuite, il faut reconnaître que durant la saison des fruits, c'est-à-dire de novembre à janvier, même pour un ascète sportif, les letchis et les avocats pendant à portée de main sont bien jolis à voir et tentants. Enfin, en ce qui me concerne, j'avais la possibilité de soumettre mon organisme à dix kilomètres de grimpette dans un environnement naturel, préservé du bruit et de l'agitation urbaine, à seulement quinze minutes de la ville. C'est là l'une des particularités de notre île : La Réunion est petite mais, de par son relief accidenté, certains espaces naturels demeureront vierges à tout jamais. D'autre part, aussi familier que le terrain pût m'être, il me réservait toujours des surprises insolites, ce qui à mes yeux le rendait encore plus attractif.

Cette séance de jogging hebdomadaire répondait certes chez moi à un besoin de dépense physique mais elle servait aussi d'exutoire à mes préoccupations récurrentes. Là, trottinant plus que courant, je méditais sur les faits de la semaine, les événements familiaux, les péripéties de ma vie sociale, sentimentale, spirituelle, matérielle. Ma mère vieillissante et malade, sans cesse au cœur de mes soucis, était pour moi un inépuisable sujet de méditation.

Comme tout fils sensé, je m'inquiétais naturellement de son état général qui se dégradait continuellement sous les assauts de l'âge et des pathologies diverses qui s'accumulaient année après année. Diminuée intellectuellement, atteinte de phlébite et d'arthrose, le souffle court, elle avait de plus en plus de mal à se déplacer, même en s'appuyant sur une canne à trois points (remplacée plus tard par un déambulateur). Tant qu'elle pouvait se mouvoir dans sa maison et sous sa véranda, où elle passait la plus grande partie de ses journées, cela irait encore. Pourvu qu'elle ne fît pas une chute qui, à coup sûr, serait fatale au col du fémur ! Ma grande crainte était qu'elle devînt grabataire.

Notre mère vivait seule dans une grande maison et jusqu'à maintenant, je m'étais assez bien débrouillé pour qu'elle pût survivre, plus ou moins décemment, avec l'aide des auxiliaires de vie mandatées par le Conseil Départemental qui lui apportaient à tour de rôle une assistance quotidienne. Elle n'était pas commode tous les jours la mère ; par exemple, les infirmières devaient agir avec tact pour l'assister dans sa toilette. Le chantage permanent était la seule arme capable de la dissuader : « Si tu ne nous laisses pas faire, tu n'iras pas à la messe ! » La messe, seule distraction de sa semaine, était l'unique objet de ses pensées. Pour y aller, elle était prête à tous les efforts, à commencer par se traîner clopin-clopant sur ses jambes entravées par l'arthrose, de la voiture jusqu'aux premiers bancs du fond. Là, elle patientait jusqu'à la fin de la cérémonie – Dieu seul sait si elle comprenait encore quelque chose aux homélies – en attendant que son accompagnateur vienne la récupérer. Combien de temps encore pouvait-t-elle tenir ainsi ? Bien sûr, à cet âge avancé, elle pouvait « partir » à tout moment ; cependant la situation pouvait perdurer des années ; il faudrait songer alors à la « placer » dans une famille d'accueil, option plus acceptable pour nous qu'une maison de retraite. Mais qui paierait ? C'était un casse-tête permanent que j'essayais de chasser de mon esprit mais qui souvent se rappelait à mes bons souvenirs, particulièrement au beau milieu de la nuit, lorsque je m'efforçais de goûter au sommeil réparateur.

Des questions relatives à mon propre avenir allaient et venaient dans mon cerveau. Que ferais-je, une fois à la retraite ? Car c'était pour bientôt, mon tour allait enfin venir. J'avais toujours aimé chanter et jouer de la guitare, je m'adonnerais davantage à ce loisir. La lecture de romans et de magazines divers entrait aussi en grande part dans mes activités favorites et je me délectais à l'avance de me plonger plus intensément dans les publications de *Sciences et vie magazine* auxquelles j'étais abonné depuis plusieurs années. Cependant, ma vraie passion était l'écriture romanesque et je comptais bien augmenter le nombre de mes parutions annuelles : un ou deux romans par an me paraissait être un objectif raisonnable. Il était temps maintenant de passer à la vitesse supérieure, c'est-à-dire être publié par un éditeur renommé, être reconnu par mes pairs et un public nombreux. A mon âge, je n'avais pas perdu l'espoir d'une brillante réussite en littérature. Qu'attendaient-ils ces messieurs du Goncourt pour me décerner leur prix ? Jusqu'à maintenant j'avais seulement réussi à me faire éditer chez des éditeurs locaux que je ne tenais guère en estime et une fois chez un éditeur parisien qui vend directement ses livres, sur Internet ou dans ses boutiques de Paris, sans l'intermédiaire des libraires. On peut rêver mieux. Passer la vitesse supérieure, cela voulait dire d'abord être accepté dans une de ces prestigieuses maisons nationales, Gallimard, Albin Michel, Grasset, Seuil, Flammarion, ou autre. Ce n'est pas faute d'avoir essayé. Toutes mes précédentes tentatives s'étaient soldées par des échecs. Des réponses stéréotypées, polies, ambigües, néanmoins négatives de la part de ces éditeurs m'avaient fait comprendre que mes productions n'étaient pas à la hauteur de mes ambitions et qu'il fallait travailler et travailler encore durement, pour espérer peut-être y parvenir un jour.

A des milliers de kilomètres de l'hexagone, comment pouvais-je trouver l'inspiration pour écrire des histoires susceptibles d'intéresser la France entière ? J'avais beau me tenir régulièrement au courant de l'actualité, je ne voyais pas quel sujet aborder pour captiver un public métropolitain de plusieurs milliers de lecteurs. Actualité politique, économique ou sportive, faits-divers, conflits sociaux, rien de ce qui se passait en France ou dans le monde ne m'était étranger. La cote de popularité du président François Hollande qui était au plus bas, l'ancien président Sarkozy qui avait des soucis avec la justice dans l'affaire Bettencourt et le financement de sa campagne, les soldats français qui poursuivaient les djihadistes au Mali, les salariés de Pétroplus comme ceux d'Arcilor Metal qui venaient de recevoir leurs lettres de licenciement, le PSG qui avait le vent en poupe grâce aux fonds du Quatar et aux nouvelles recrues. Pouvais-je trouver un sujet captivant dans tout cela ?

Qui pourrait bien s'intéresser à des histoires de chiens, d'oiseaux, de tangue, d'endormi (caméléon), ayant pour cadre une jeune île volcanique perdue dans le sud de l'Océan indien ? Si je pouvais écrire comme Victor Hugo, Marcel Proust, Romain Gary ou Andréï Makkine, Hervé Bazin ou François Mauriac, serais-je assuré d'avoir le prix Goncourt ? Allez savoir !

2

Voilà les banales pensées qui roulaient dans ma tête pendant que mes jambes suivaient ce parcours familier, en cette matinée de décembre 2017. Rien ne laissait présager qu'un type quelconque comme moi, déjà usé par le travail et le poids des années, un amateur de jogging en short et tee-shirt trempé de sueur, allait devenir le principal acteur d'une aventure inouïe susceptible de bouleverser le cours de son existence personnelle et celui de l'humanité tout entière. Jusqu'à ce point de mon parcours, immergé dans mes réflexions, l'esprit bien loin de mes baskets qui suivaient machinalement leur chemin, je n'avais pas prêté attention au ronflement feutré d'un engin motorisé, provenant d'une clairière bordant la piste. Ce bruit particulier, tout à fait différent de celui d'une tronçonneuse, d'une débroussailleuse, d'un pulvérisateur ou de tout autre engin à moteur dont l'usage dans ce milieu à demi sauvage, plus ou moins voué à l'arboriculture fruitière, était tout à fait légitime, aurait dû m'alerter. Il est certain que si j'avais eu à ce moment conscience de la moindre anomalie, ma méfiance coutumière m'aurait jeté à plat ventre derrière quelque rocher pour observer discrètement ce qui se passait. Et j'aurais poursuivi une vie ordinaire, sans surprises.

Donc, au moment précis où je mettais les pieds sur le radier qui permet de franchir la ravine Parc-à-Moutons, à cause d'une incorrigible distraction, je tombai nez à nez sur la scène la plus déconcertante de ma vie. Des individus revêtus de combinaisons, semblables à celles que revêtent les spationautes, debout à côté d'un drôle d'appareil, me dévisageaient à travers les hublots de leurs casques. Sans hésitation, j'eus la conviction d'avoir affaire à des personnages débarqués d'une autre planète, ceux qu'on appelle généralement « extraterrestres ». Quoique ces individus fussent de petite taille, je me sentis instantanément écrasé par une force dominante, sentiment suggéré non par leur supériorité numérique mais par la certitude d'être confronté à une espèce beaucoup plus avancée que la nôtre. J'étais à l'évidence face à un de ces engins communément nommés OVNI, conçus pour parcourir à des vitesses phénoménales les trajets intersidéraux. Ce n'était pas cet objet en forme de disque, de soucoupe ou de « frisbee », cité par des centaines de témoins dans l'histoire de l'ufologie mais une sorte de triangle équilatéral, mélange de fusée et d'avion de chasse, prévu pour fendre les airs avec le moins de résistance possible, le genre d'appareil que maint livres et films de science-fiction ont déjà rendu populaire. Les avions de guerre modernes comme le Rafale français qui n'ont rien d'extraterrestre peuvent donner une idée assez précise du profil aérodynamique que j'essaie d'évoquer.

Je m'attends à ce que des gens bien informés, à l'esprit prétendument rationnel, disent d'un ton péremptoire que le témoin a seulement aperçu l'un de ces avions construits en grand secret par Lockheed, dans les années 80, pour le compte de l'armée américaine, le F-117A appelé plus communément *Stealth Fighter.* Ces avions furtifs, de forme approximativement triangulaire, avec des lumières bizarres sur le ventre, entrevus dans le ciel de la Californie et aux environs de la base militaire d'Edwards en 1989 ont parfois été pris pour des OVNI. Sans doute. Pour ma défense, je dirai deux choses. D'abord ce genre d'avion n'a rien à faire dans une clairière, où qu'elle soit située, à plus forte raison en terrain accidenté. Ensuite, je connais ces objets, *Science et vie* leur ayant consacré un numéro spécial sur lequel je m'étais longuement attardé. On y voit un cliché du *Stealth Fighter* et j'affirme que cet avion américain, tout révolutionnaire qu'il soit, n'a rien de comparable avec l'engin triangulaire de taille modeste, qui était tranquillement posé Chemin de *La Petite Crête*, dans un verger de letchis, le dimanche 15 décembre 2015. Depuis que l'armée américaine a déclassifié les dossiers secrets relatifs à l'affaire de Roswell, n'importe qui prétend tout expliquer par la science. Que dalle ! A l'heure où j'écris ces lignes, combien d'énigmes n'ont toujours pas trouvé d'explication satisfaisante ?

Je crois que je ne serais pas plus impressionné devant l'Airbus A 380, avec ses 80 mètres d'envergure et ses 577 tonnes d'acier, que je ne l'étais face à ce que je considérais déjà avec assurance comme un vaisseau spatial inconnu sur la Terre. Je n'étais pas en présence d'un monstre volant mais d'un appareil modeste, pas plus gros qu'un fourgon de type Renault Trafic ou Peugeot Boxer, prévu pour embarquer environ une dizaine de passagers sans bagages. Emerveillé par ce chef-d'œuvre de technologie, tout en puissance contenue, robustesse et légèreté, je plaçai une confiance immédiate et absolue dans la fiabilité de cet appareil. Le bruit que faisait cet objet volant était lui-même inhabituel et rassurant ; doux et feutré comme le ronronnement d'un chat, il n'avait rien de commun avec le grondement des réacteurs qui fait tressaillir la carcasse des Airbus et Boeing peu avant leur décollage.

Si les visiteurs m'avaient prié poliment de les suivre dans leur engin, peut-être aurais-je accepté leur invitation, rien que par pure curiosité. Une fois à l'intérieur, je n'aurais pas manqué d'examiner avec voracité cet environnement technologique qui appartenait à un autre monde ; la cabine de pilotage, les instruments de navigation, la matière des sièges, l'odeur des matériaux : tout était du plus grand intérêt pour un humain.

Je n'ai pas la moindre idée de la manière dont ils s'y sont pris pour m'emmener dans leur vaisseau ; je ne me souviens de rien si ce n'est qu'ils ne m'ont pas demandé mon avis ; probablement ont-ils utilisé la manière forte. C'est beaucoup plus tard que je retrouvai mes esprits. Combien de temps après ? Deux jours ? Un an ? Dix ans ? Je n'en sais rien. Les trajets intersidéraux ont la réputation d'être prodigieusement longs.

Mon réveil ne fut pas désagréable, loin de là. Je venais de passer une nuit délicieuse, agrémentée de rêves charmants et divers, que je comparerais volontiers à l'endormissement provoqué par une anesthésie générale, pour les besoins d'une opération. L'arrivée fut semblable au départ, simple, sans tambour ni trompette : nous avions décollé d'une clairière située dans un lieu retiré, nous venions d'atterrir dans un lieu faiblement habité, sur une prairie verte, à l'herbe courte et lisse comme un tapis. Pour nous recevoir, pas de contrôle de police ni de services douaniers, aucun comité d'accueil. Tout portait à croire que nos cosmonautes au long cours venaient d'effectuer un vol de routine qui n'intéressait pas grand-monde. De loin en loin, des toits épars émergeaient entre les arbres. Rien de comparable avec les gigantesques installations bétonnées, hérissées de tours et cernées de clôtures, de nos aéroports.

Une foule de questions, bien sûr, se bousculaient dans mon esprit. Où étais-je ? Dans un pays étranger ? Sur une planète autre que la Terre ? A ce stade, aucun élément ne me permettait de forger la plus petite hypothèse concernant le lieu de notre atterrissage. Les seules informations dont je pouvais disposer étaient celles que découvraient mes yeux, en l'occurrence une espèce de petite ville de province où espaces verts et constructions s'entremêlaient dans un ensemble harmonieux.

J'avais perdu mon short et mon tee-shirt, au profit d'une combinaison moulante de couleur grise ; des chaussons confortables remplaçaient mes chaussures de sport. Je sortis de la cabine, encadré par quatre individus, vêtus comme moi. Aussitôt que nous fûmes à bonne distance, l'engin redécolla et disparut silencieusement à une vitesse modérée. Faut-il dire qu'un tel moyen de transport, plus rapide que la lumière, capable de décoller instantanément et de se poser quasiment n'importe où, en douceur et sans bruit, est probablement l'engin le plus idéal auquel on puisse rêver !

J'avais tellement peur d'être bouleversé par l'apparence physique de mes hôtes que je n'osai lever les yeux vers leur visage et affronter directement leurs regards. Jusqu'ici j'avais juste entrevu leurs faces à travers le hublot de leur casque, c'est-à-dire imparfaitement, sans avoir eu ni l'audace ni l'occasion de les examiner en détails. Quoique paré à toute éventualité, je crois que je n'aurais pas résisté au choc d'apercevoir un seul œil sur leur front à la place de nos deux yeux habituels. Je n'aurais pas davantage supporté de constater chez ces créatures l'absence du nez, des oreilles, de voir deux bouches sur la même figure ou de les voir traîner une queue. En d'autres termes, j'aurais été fort troublé qu'ils eussent une apparence physique différente de la mienne. Par prudence, j'évitai de les dévisager de façon trop audacieuse, de peur qu'ils soient susceptibles.

La position du soleil laissait penser qu'on était à la mi-journée, donc aux environs de midi sur la Terre, mais allez savoir quelle échelle horaire avait cours ici ! En ce moment, où l'astre solaire devait briller de tous ses feux, il me paraissait nettement plus gros que celui autour duquel gravite notre bonne vieille Terre. Sa lumière, teintée de rouge, était encore plus aveuglante que celle de notre soleil terrestre, si bien que j'avais du mal à garder les yeux grands ouverts. L'air était à ma convenance, je lui trouvais ce même goût exquis, frais et pur, chargé d'ozone, qu'on respire dans nos montagnes.

Je me sentais comme chez moi dans cette espèce de jardin exotique parsemé d'arbres, de plantes diverses décoratives ou alimentaires, sillonné d'allées tranquilles, qui s'étalait autour de moi. Pendant notre marche, rythmée de chants d'oiseaux, je songeais à la douceur de vivre dans ce cadre champêtre, en parfaite harmonie avec la nature. J'étais quelque peu dérouté de ne reconnaître dans cette végétation foisonnante aucune des espèces de plantes qui m'étaient familières. Puis je me dis : « Toi qui vis dans un pays tropical, y as-tu souvent vu des cerisiers, des pommiers, des poiriers, des cognassiers, bref, de ces fruits qui croissent ordinairement dans l'hémisphère Nord ? Un Européen qui débarque pour la première fois dans la zone tropicale, n'est-il pas ébahi devant un manguier, un jacquier, un goyavier, un vacoas, un pied de cœur-de-bœuf ou de letchi, un arbre à pain qu'il voit pour la première fois ? »

A notre passage, des hommes, des femmes et des enfants, sans cesser leurs activités — essentiellement à caractère ludique, à première vue —, nous regardaient passer, sans montrer de curiosité excessive. En dépit de mes spécificités, je n'étais peut-être pas la bête singulière que chacun tenait à voir.

Tout en suivant mes guides, je m'extasiais devant de grosses fleurs au parfum incomparable, semblables par leur élégance et leur architecture raffinée à des orchidées, tandis que des fruits tirant sur le grenat et voluptueux comme des pêches me mettaient l'eau à la bouche. Soudain je fus en proie à un doute affreux : n'étais-je pas mort, tout simplement ? Ce que je prenais pour un plaisant jardin sur une autre planète, n'était-ce pas un aperçu de ce qu'on nomme le Paradis, en référence à l'au-delà ? Je dus me pincer violemment pour me prouver que je ne rêvais pas.

Bientôt, j'eus rassemblé suffisamment d'éléments pour me convaincre que j'avais réellement été transporté à des années-lumière — que dis-je ? à des *pc* — de mon domicile ; alors je sentis une boule croître dans ma gorge et un gros poids m'oppresser la poitrine. Je tâchais péniblement de reprendre pied pendant qu'une tristesse irrépressible m'envahissait. Et si ce voyage qui m'avait semblé exaltant jusqu'ici était réellement irréversible ? Mon retour sur la Terre ne dépendait pas, hélas, du simple caprice de vents ou de courants marins qu'il aurait été possible de contrer, mais d'un ensemble de facteurs techniques et de circonstances qui ne dépendaient pas de mon vouloir. Si avec beaucoup de chances, la vie que j'allais connaître sur cette planète m'apportait des satisfactions, pouvais-je trouver le bonheur dans un autre monde loin de ceux qui me connaissaient, loin de ceux avec qui j'entretenais des relations d'amour, d'amitié, voire d'hostilité ? Comment réagiraient mes proches après ma disparition ? Mes deux enfants, mariés déjà et parents à leur tour, étaient tirés d'affaires depuis longtemps mais j'étais un soutien important pour ma mère, dont je gérais pratiquement tous les détails de la vie. Ce sont là des questions essentielles que se posent probablement les individus normaux qui par suite d'un naufrage échouent sur une île inconnue loin de toute civilisation et ceux qui seraient enfermés dans un univers clos, sans possibilité de communication avec le monde extérieur.

Et si, en étant optimiste, mon retour sur Terre était envisageable, à quel âge et dans quel état allais-je retrouver mes concitoyens ? Je ne savais presque rien de la relativité universelle, mais j'avais la vague impression que le temps ici n'avait pas la même dimension que sur la Terre. Allez savoir si dix années ou cinquante sur la Terre ne valent pas une seule année ici ! Ou l'inverse. Si, pour retourner sur la Terre, avec le vaisseau le plus rapide existant sur cette planète et dans les meilleures conditions possibles, il me fallait compter dix, vingt ou cinquante ans de trajet ! Cette seule évocation me remplissait d'effroi et de tristesse. Car il est certain que la Terre n'aurait plus alors le même visage ; je serais devenu un parfait étranger, désorienté, incompris de ses concitoyens.

3

Surmontant mes craintes, je me résolus enfin à lever les yeux sur mes camarades de circonstance. Premier soulagement : non, ils n'avaient pas l'apparence effroyable que je redoutais. Seconde constatation : moi qui, avec ma taille d'un mètre soixante-cinq, passais sur la Terre quasiment pour un nain, j'avais fière allure devant ces individus dont pas un ne dépassait un mètre cinquante. Autre détail immédiatement remarquable, aucun ne paraissait avoir plus de quarante ans. Pour le reste, ils avaient grosso-modo la même apparence que nous les Terriens. Quelques spécificités, bien sûr, ne plaidaient pas en leur faveur – des détails d'ordre esthétique. D'abord, ils n'avaient pas de gros traits mais ce n'étaient pas des Apollon non plus. Puis une spécificité qui passerait peut-être inaperçue chez un grand nombre de Terriens mais pas chez quelqu'un particulièrement fier de son système pileux comme moi, toute la population masculine de cette planète avait le crâne entièrement lisse comme un œuf et pointu. Enfin, l'élément qui me troublait le plus dans la physionomie de ces étrangers était sans conteste leurs yeux humides et verts qui dispensaient un regard fixe, certainement doté d'une acuité extraordinaire, mais vide de toute signification. Ce regard, à cause d'une configuration particulière des paupières, descendait obliquement vers le sol, de sorte que pour voir mon visage, ils étaient obligés de basculer leur tête vers le ciel. En d'autres termes, avec par-dessus le marché une peau bleuâtre, ces extra-terrestres n'étaient pas en mesure de faire tourner la tête à nos jolies filles, mais ce n'était pas l'essentiel. Non, le plus important pour moi, en ce moment, était qu'ils fussent dépourvus de toute monstruosité.

Le gros soleil rouge allumait des reflets changeants sur ces crânes glabres et pointus au front largement proéminent, probable révélateur d'un cerveau surdimensionné et de capacités intellectuelles hors du commun. Plus je progressais en leur compagnie, plus me rendaient mal à l'aise ces visages inexpressifs : il me semblait y lire cette même indifférence que je voyais chez un grand nombre de Terriens. Cela n'augurait rien de bon ; mes chances de salut paraissaient minces. Ils allaient m'étendre sur une table d'opération, m'ouvrir le ventre et me disséquer comme une grenouille ; j'aurais droit aux tests chimiques, aux chocs électriques, à toutes sortes d'expériences dont on ne ressort pas indemnes. Les êtres humains s'arrogent bien le droit de pratiquer des expériences innommables sur les animaux ; pourquoi ne serais-je pas considéré comme un sujet d'expérience dans ce monde-ci ? Mais autre hypothèse moins reluisante : et si mes hôtes se réservaient le plaisir de me déguster comme un gibier, qu'il soit doué d'intelligence ou non !

Nos pas feutrés s'arrêtèrent enfin devant une bâtisse d'aspect avant-gardiste (d'après mes références de Terrien), à en juger par le style audacieux et la nature inouïe des matériaux utilisés. Du verre, des métaux brillants comme du chrome, du marbre, quelque chose comme de la pierre précieuse et d'autres aussi agréables à regarder que je ne parvenais pas à identifier, composaient un tableau somptueux où l'esthétique et la robustesse rivalisaient avec le fonctionnel. On aurait dit que l'édifice aux angles arrondis était pour ainsi dire moulé d'une seule pièce, murs et toit ne faisant qu'un. Le bricoleur du dimanche qui sommeillait en moi, béat d'admiration devant ces prouesses techniques, imaginait un camion-toupie en train de déverser au moyen d'un long tuyau son chargement de résine dans un immense moule en forme de maison.

L'inscription en grosses lettres qui s'étalait au-dessus de l'entrée ne retint pas longtemps mon attention, et pour cause, je n'y comprenais rien. Au pied de la façade, sur un sol recouvert d'un velours synthétique au toucher délicat, un comité d'accueil nous attendait, lequel était constitué, de personnalités scientifiques en blouses grises et d'autres personnes distinguées, – des notables probablement – qui portaient une combinaison moulante en tissu léger. Est-ce à dire que contrairement au reste de la population qui affichait une parfaite indifférence, la communauté scientifique locale me considérait comme un sujet d'un grand intérêt ? L'un deux fit un pas en avant et m'adressa la parole, avec un débit relativement rapide. Puis il s'arrêta et, faisant une moue dubitative, observa ma réaction. Evidemment, je n'avais pas saisi le sens de ses propos. Seul le son de sa voix avait retenu mon attention ; chaude avec des accents mélodieux, elle était agréable à entendre. Ses propos riches en assonances et allitérations, avaient la sonorité d'un poème en prose prononcé dans une langue qui faisait penser en même temps à de l'anglais, de l'allemand, du russe avec quelques traces d'italien et d'espagnol. Il me vint un instant à l'esprit le fragile espoir que des individus possédant ainsi – peut-être sans le savoir – l'art de la poésie devaient être dénués de mauvaises intentions. En attendant, mon absence de réaction agaçait visiblement mon interlocuteur qui ne cachait pas son indignation. Qu'aurais-je pu dire ou faire ? Aussi sensible à la beauté des sons que j'eusse pu l'être, je n'avais pas plus compris son langage que si j'avais entendu du mandarin. Il recommença son discours, cette fois, sans me quitter des yeux, en parlant plus lentement, plus distinctement, en pointant son index vers un appareil semblable à une montre-bracelet munie de touches qu'il avait sur l'avant-bras droit. Voyant que je ne réagissais toujours pas, il manifesta son exaspération en changeant d'intonation. Il me fallut encore quelques instants pour comprendre qu'il attendait de moi que je m'exprime simplement de vive voix, que j'articule quelque chose dans ma propre langue. Il portait sur le poignet droit, comme ses congénères, un de ces gadgets aux multiples fonctions dont celle de traducteur. Cet objet possédait la faculté d'analyser ma voix et de décoder ma langue, pour peu que je me soumette à un court apprentissage, c'est-à-dire que je consente à prononcer devant lui quelques phrases de façon intelligible. J'étais en quelque sorte face à un logiciel de reconnaissance vocale ultra perfectionné, le traducteur idéal qui se répandra probablement sur notre Terre un jour ou l'autre. Ayant compris ce qu'on attendait de moi, je me prêtai aussitôt de bonne grâce à cet exercice, fier de pouvoir me montrer coopératif. Après quelques essais, l'appareil signala par un bip et un voyant vert clignotant qu'il était opérationnel. A partir de là, un dialogue s'instaura entre nous, c'est-à-dire que l'appareil traduisait alternativement et simultanément pour mes interlocuteurs ce que je disais et traduisait leurs paroles en français. La voix qui émanait de cette montre, remarquablement claire, était exactement celle de mon interlocuteur quand elle s'adressait à moi, tandis que j'entendais ma propre voix en sortir pour s'adresser aux autres. Fascinant !

Quelqu'un me montra la porte en disant : Borïnne ! pendant que l'instrument traduisait simultanément : « Entrez ! » Les auditeurs se placèrent autour d'une table ovale gigantesque sans pieds dont le plateau, en verre épais teinté de bleu, semblait défier la pesanteur, et je fus invité à prendre place en face d'eux sur un siège sorti du néant qui se présenta tout seul sous mon postérieur : c'était un bloc d'air comprimé parfaitement adapté à mes formes. Mes interlocuteurs eux-mêmes étaient assis comme moi sur des fauteuils enveloppants qui, s'ils n'avaient été colorés de violet, auraient été parfaitement invisibles. C'est à ce moment-là que je m'aperçus que les doigts de mes interlocuteurs étaient dépourvus d'ongles. Ces extrémités de chair arrondies qui s'agitaient au bout des membres supérieurs, bizarres en vérité pour un humain, me renvoyaient naturellement à la théorie de

Darwin. J'étais confronté à des créatures extrêmement élaborées et selon la théorie du naturaliste anglais, la disparition des cheveux et des ongles pouvait correspondre au fait que ces éléments n'avaient plus aucune utilité chez les espèces avancées. Phénomène qui ne s'était pas encore produit chez les êtres humains mais qui verrait vraisemblablement le jour, dans un futur lointain, selon certaines hypothèses. Aujourd'hui, qui se sert encore de ses ongles pour déchiqueter de la viande ? Remplacés par des couteaux, ces derniers ne servent plus guère que pour se gratter la peau. A quoi servent les cheveux, sinon à se protéger le crâne contre les rayons nocifs du soleil ? A force de consommer des produits qui ne demandent aucun effort de mastication, nos dents aussi finiront un jour par nous quitter... Certaines scènes que je voyais en ce moment seront sans doute observables un jour sur la Terre.

Comme l'équipée spatiale s'était déroulée entièrement durant mon sommeil, j'étais plutôt disponible pour affronter le feu roulant des questions qui me furent soumises. Cependant, je n'avais pas le monopole de la parole car mes interlocuteurs, non contents de m'interrompre sans arrêt pour obtenir des détails, intervenaient volontiers pour m'apporter des informations sur leur propre monde. De leur côté, ils voulaient tout savoir. Alors, devant un auditoire extrêmement attentif au regard scrutateur, je dus évoquer mon passé, ma famille, parler de ma ville, de mon pays, du monde dans lequel je vivais.

4

Salle des débats. Audition 1

« Je m'appelle Paul Moussat, j'ai 60 ans et je suis professeur de français et d'histoire-géographie.

— Ça veut dire quoi « professeur de français ?

— J'enseigne le français, la langue qui est parlée dans mon pays, celle dans laquelle je m'adresse à vous en ce moment.

— Le français, comme vous dites, est-ce la seule langue parlée sur la Terre ?

— Absolument pas ! Il existe autant de langues que de pays, c'est-à-dire environ deux cents. Sans compter une quantité de dialectes. Par exemple, il y a l'anglais qui est la langue la plus pratiquée dans le monde, mais aussi l'allemand, le chinois, l'espagnol, le portugais, etc.

— Que signifie *enseigner* ?

— J'apprends à mes élèves à s'exprimer correctement, en essayant d'être à la fois intelligible, agréable à lire ou à écouter. Je leur apprends à comprendre les textes des autres, à découvrir les sens cachés des phrases, à les interpréter, les apprécier. Je les encourage aussi à écrire leurs propres textes. Je leur apporte ainsi des rudiments de littérature, je leur fais découvrir les œuvres des auteurs.

— Qu'est-ce que cela est censé leur apporter ?

— Cela est censé leur apprendre à communiquer, c'est-à-dire à comprendre ce qu'on leur dit, ce qu'on leur donne à lire ; à s'exprimer oralement et par écrit. Il est essentiel, je crois, pour éviter tout malentendu, de bien comprendre la pensée d'autrui et d'être capable d'émettre des messages clairs, sans équivoque. Au-delà de cette fonction pratique que je viens d'évoquer, la langue possède aussi une fonction esthétique. Cela consiste pour un émetteur à s'exprimer en choisissant ses mots, à les combiner de façon à ce que ses phrases soient agréables à lire ou à entendre.

— Qu'est-ce que vous voulez dire par « littérature » ?

— Théoriquement, on définit la littérature comme l'ensemble des textes d'une certaine qualité à vocation esthétique qui ont été conservés dans un pays donné et de toutes les activités qui s'y rapportent. On parle ainsi de littérature française, anglaise, américaine, russe, etc. »

Je fus saisi soudain par un grand découragement. Il me faudrait un temps infini pour parler de la vie sur la Terre. Affamé et baillant sans arrêt, j'étais mal barré si je devais expliquer chaque mot que j'utilisais ; je serais épuisé avant d'avoir pu raconter le dixième de mon existence. Il me semble qu'on devina les raisons de mon inquiétude car quelqu'un de l'assistance intervint :

« Nos fréquentes incursions dans votre monde nous ont permis de connaître déjà beaucoup de choses sur les êtres humains, mais votre témoignage est capital pour nous, il nous permettra de confirmer ce que nous avons observé par nous-mêmes. Nous sommes prêts à vous écouter pendant des mois, s'il le faut, mais rassurez-vous, nous nous contenterons d'une audition de deux ou trois heures par jour. Reprenez votre récit, je vous prie. »

Effectivement, au bout de deux heures et demie environ, on m'annonça que j'en avais assez dit pour aujourd'hui et la séance fut levée sans autre formalité. Les fauteuils d'air comprimé disparurent comme ils étaient venus, sans laisser de trace. En bon matérialiste je songeai à l'économie d'espace et d'argent que cette technologie rapporterait à un ménage de Terriens, au détriment des fabriques et des commerces de meubles. Les membres de l'auditoire se dispersèrent sauf deux d'entre eux qui restèrent à mes côtés, chargés de m'assister et probablement de me surveiller. Leur proximité me rassurait plus qu'elle m'inquiétait, d'autant que je n'avais pas la moindre velléité de m'échapper et que je me sentais isolé dans ce monde où j'étais à première vue le seul étranger. Je n'étais, je le rappelle, qu'un homme tout à fait ordinaire et insignifiant, incapable d'initiative audacieuse, un petit fonctionnaire sur le bord de la retraite, amateur de sport, un pseudo intellectuel écrivain à ses heures, s'adonnant de temps en temps à la musique et au bricolage, confronté comme tout un chacun, aux interrogations de son époque.

5

Il devait être maintenant deux heures ou trois heures de l'après-midi et je n'avais rien avalé depuis mon arrivée sur ce sol. J'avais hâte de découvrir ce qu'on allait me servir comme collation. La question de la nourriture est ordinairement prise très au sérieux dans n'importe quelle société humaine. C'est même un rituel rigoureux que les estomacs se chargent avec insistance de rappeler quand approche l'heure des repas. Qu'en était-il dans ce monde-ci ? Si on servait un rôti, la question serait : « De quelle viande s'agit-il ? » Porc, bœuf, mouton, cabri, poulet, lapin, rennes, caribou, cerf ? Ma religion ne m'interdisait aucune viande en particulier, mais je n'avais aucune attirance pour le chien, le chat, le kangourou, le serpent ou le singe, par exemple. Une autre sorte de viande était-elle consommée par nos extra-terrestres ? J'adorais les produits de la mer, mais la mer existait-elle sur cette planète ? Sur la Terre, pour suppléer les aliments qui allaient se raréfier dans le futur, on envisageait avec espoir la production à grande échelle d'insectes à haute teneur en protéines. Cette nourriture prometteuse, sans doute avantageuse sur bien des points, qui ne faisait pas l'unanimité, en raison de son aspect peu ragoûtant et surtout des préjugés qui l'accablaient, était-elle consommée ici ? Il me restait un espoir concernant mes craintes sur la nature de la viande qui allait m'être servie. Au moment où je m'envolais pour une autre planète bien malgré moi, la consommation de viande ainsi que de laitage était en train de perdre sérieusement du terrain sur la Terre en raison de l'évolution des goûts des consommateurs de plus en plus soucieux de leur santé et de leur compassion grandissante pour la cause animale. Le pourcentage de végétariens ou de végétaliens allait croissant, tandis que des jusqu'au-boutistes, partisans du « véganisme », avaient décidé d'exclure de leur mode de vie non seulement la viande et le poisson mais aussi tout produit issu des animaux. Si les habitants de cette planète avaient le bon goût d'adopter cette même pratique, je n'aurais pas de souci à me faire.

Quoi qu'il en soit, il était plus que temps de calmer ma faim qui me taraudait l'estomac.

Mes deux guides me conduisirent vers un autre bâtiment aux allures plus fantaisistes. Je pianotai sur le digicode désormais fixé à mon poignet, et je pus traduire l'inscription qui s'étalait en grosses lettres lumineuses au-dessus de la porte : « *Salle de sustentation* ». Je saisis d'un coup toute la réalité que le sens connoté de ce terme exprimait. Ici on « se sustentait ». Autrement dit, il n'était pas dans les habitudes de mes hôtes de déguster béatement une friandise, de savourer un mets quelconque en prenant son temps ; je pouvais abandonner tout rêve de délectation puisque qu'on venait dans cette salle non pour joindre l'utile à l'agréable, c'est-à-dire se restaurer en prenant du plaisir mais en vue de reprendre des forces, mécaniquement, ainsi que des robots ou des véhicules électriques qui doivent se recharger en se branchant à une prise électrique. Dans cette salle cependant, on avait pris soin de donner l'illusion qu'on était dans un restaurant en rendant le cadre le plus convivial possible. A gauche, en entrant, des membres du personnel chargé du service attendaient derrière un comptoir. Ils étaient reconnaissables à leur tenue réglementaire – en l'occurrence costume sombre pour les hommes, tailleur rose et foulard rouge pour les dames – et leur sourire de circonstance. En face de ce bureau, des clients patientaient confortablement dans un petit salon, séparé de la grande salle principale par un rideau de plantes végétales, celles-ci espacées de façon à préserver juste ce qu'il faut d'intimité. Une jeune fille élégante, quoique fortement typée, nous pria de nous asseoir en attendant qu'un espace de « sustentation » se libère.

A travers le rideau végétal, j'entrevoyais l'intérieur des box qui compartimentaient la grande salle. Dans chacun de ces box dont les parois n'excédaient pas un mètre cinquante de haut, des hommes, des femmes, des enfants, seuls, en couples ou en famille, à demi allongés sur des espèces de transat, immobiles, s'adonnaient à la *sustentation*. Certains étaient raccordés à un tuyau transparent de petit diamètre, qui pendaient du plafond. On aurait dit des donneurs de sang attendant que le transfert s'accomplisse. Cependant, ici, les gens venaient pour recevoir et non pour donner.

Au bout d'une dizaine de minutes, la jeune hôtesse réapparut et nous conduisit dans l'un des box qui s'était libéré entre-temps.

« Voilà, installez-vous ici, je vous prie. Tous les appareils fonctionnent correctement. Avez-vous fait votre choix ?

— Pour moi, ce sera le coktail Alpha, dit l'un de mes compagnons qui avait pour nom Jung

— Et pour moi, le coktail bêta +, précisa celui qu'on désignait du nom de Gral.

— Et pour ce monsieur, ce sera quoi ? »

Pendant qu'elle prenait les commandes, elle scruta mon visage d'un air qui signifiait : « Quel est cet étranger ? » Je sus à cet instant que j'étais totalement différent des habitants de ce monde.

« Si Monsieur vient ici pour la première fois, il lui faut un menu spécial. Vous savez bien que les nouveaux arrivants n'ont pas droit aux cocktails habituels, leur organisme ne le supporterait pas. Il lui faut une gélule ou un patch… Tenez, me dit-elle en s'adressant à moi : voici la liste des arômes que nous servons, faites votre choix ; mais si au grand jamais, un parfum en particulier vous fait envie et n'est pas sur cette liste, nous nous ferons un plaisir de le composer spécialement pour vous. »

6

Salle des débats. Audition 2

Je repris la même place que la veille, devant le même auditoire, sur un autre coussin moelleux qui n'avait pas la même forme que le précédent ni la même couleur, aussi confortable. Cette fois, je fus amené à m'expliquer sur l'organisation géographique et humaine des espaces terrestres.

« Lors de nos périples intersidéraux, nous avons survolé quantité d'endroits de la Terre, certains habités, d'autres déserts, de vastes espaces verts, blancs, jaunes ou bleus. Nous avons ainsi remarqué que les personnes n'avaient pas la même couleur de peau, ni la même façon de vivre. Nous aimerions en savoir un peu plus sur la configuration de la Terrre ainsi que sur l'organisation et le fonctionnement des sociétés humaines. Votre aide nous sera précieuse. »

Ravi de pouvoir puiser dans mes cours d'ancien prof, d'ancien étudiant et ma culture générale, c'est avec un réel plaisir que j'entrepris d'épater mes auditeurs. Ce qui sortit de ma bouche à ce moment-là ne sera pas très utile aux futurs bacheliers de La Terre, cependant je crus comprendre que mes paroles étaient accueillies par mes auditeurs de l'espace avec une avidité, que l'on ne trouve que chez des élèves très motivés.

« La Terre est divisée en continents et en pays. Il existe cinq continents. Les continents contiennent plusieurs pays, parfois un seul, comme l'Australie… »

J'eus droit à des commentaires, dont certains quelque peu naïfs, qui m'apprirent que les habitants de cette planète n'avaient pas tout à fait la science infuse comme je le croyais d'abord. Par exemple, ils n'avaient aucune idée de la neige. Ils ne s'imaginaient pas qu'il pouvait tomber du ciel des tonnes de flocons qui se répandaient en nappes blanches, lisses et épaisses, sur lesquelles des gens s'amusaient à glisser. Ils avaient bien l'intention lors d'une de leurs prochaines expéditions d'y poser l'un de leurs vaisseaux, afin d'étudier de plus près ce phénomène. Ici, peut-être pour me permettre de souffler un moment, mon interlocuteur me fournit quelques informations sur Horus :

« Vous croyez peut-être que cet endroit où vous avez atterri est le seul espace habité sur notre planète. Détrompez-vous ! C'est certes l'endroit le plus élaboré – nous avons mis deux mille ans à le concevoir et à le construire. Si vous êtes observateur, peut-être avez-vous remarqué d'ailleurs combien les gens ici sont heureux, épanouis, en raison de la qualité de la vie qu'on y mène.

— A vrai dire, mes connaissances sont très limitées, je n'ai aucun point de repère, aucun moyen de comparaison. J'ignore complètement où je me trouve en ce moment. Je ne connais même pas le nom de votre planète et je n'ai pas la moindre idée de son étendue.

— Ah, c'est vrai ! Pardonnez-nous cette négligence. Eh bien, chez monsieur, sachez que vous avez le privilège de vous trouver en ce moment sur la planète Horus, dans la Constellation du Grand Chien. Elle tourne autour de notre soleil, Sirius, en 130 jours. Sachez aussi que notre planète comprend trois espaces occupés par l'homme : La *Ville Saine* où nous sommes, *La Ville morte* et *La Ville moderne*. Vos guides vous conduiront à *La Ville morte* si vous désirez la visiter. Pour *La Ville moderne*, il faudra vous débrouiller par vos propres moyens, aucun de nous n'a envie de perdre son temps là-bas. Mais reprenez vos explications, je vous prie : Comment les hommes sont-ils répartis sur ces différents pays ? »

Encore une fois, je me trouvais presque ridicule de débiter, de façon scolaire, des choses banales et évidentes pour tout le monde. Mais le public auquel j'étais confronté en cet instant était si attentif, si suspendu à mes lèvres, que je ne me sentais pas le droit de le décevoir. N'oublions pas que j'avais affaire à des auditeurs complètement ignares des choses de La Terre, pour lesquels chaque détail avait son importance.

« Chaque pays abrite une ou plusieurs ethnies qui se distinguent par leurs caractéristiques physiques, leur langue, leur culture, leurs mœurs et leurs traditions. En Inde, cohabitent principalement des Indiens musulmans et des Indiens hindous. En Chine, vivent les Chinois dont la caractéristique physique la plus remarquable est les yeux bridés. Non loin de là, vivent les Japonais, les Coréens, mais aussi les Laotiens, les Cambodgiens, les Vietnamiens qui ont eux aussi les yeux plus ou moins bridés. En Afrique, les Africains à peau noire sont majoritaires. La population de l'Europe est dominée par les individus de type caucasien. Cependant, par le fait des migrations successives, les hommes et les femmes ont tendance à se mélanger, ce qui génère des populations métissées. On peut voir un remarquable exemple de ce métissage aux Etats-Unis d'Amérique où le voisinage des Indiens autochtones et des habitants venus du monde entier, particulièrement de l'Europe et de l'Afrique, a produit ce qu'on nomme le melting pot.

Pour aller d'un pays à un autre, outre les difficultés liées au transport, il faut surmonter les obstacles administratifs. Les voyageurs doivent se munir de papiers officiels, notamment l'indispensable passeport et certains pays surveillent étroitement leurs frontières. Cette rigoureuse réglementation n'empêche pas les mouvements migratoires clandestins, très actifs en ce moment, des pays pauvres vers les pays supposés riches. En bravant tous les dangers, chaque jour des milliers de personnes franchissent en cachette des frontières par tous les moyens, pour pénétrer de force dans des pays où leur présence n'est pas souhaitée. Une fois sur place, ces sans-papiers demandent l'asile politique ou vivent cachés avec la peur d'être refoulés dans leurs pays d'origine. Personne ne sait comment ces déplacements massifs de population vont se terminer et si cela va se terminer un jour. A tort ou à raison, ces personnes fuyant les misérables conditions de vie et la guerre dans leur pays d'origine comme la Syrie, l'Irak, l'Afghanistan, le Yémen… pour gagner illégalement la France, l'Angleterre, l'Allemagne, la Suède, etc. font peur aux résidents des pays destinataires qui craignent pour leur sécurité, leur confort, leur emploi, leur culture, leur identité. Les plus pessimistes redoutent l'africanisation de l'Europe. »

7

« Qu'est-ce exactement cette *Ville morte* ? demandai-je à mes deux guides, une fois installés dans un drôle d'engin à quatre places, sorte de grosse bulle de forme oblongue, toute molle et transparente, capable de glisser sur le sol tout en épousant les irrégularités du relief, de voler ou de flotter sur l'eau, au gré de son pilote.

— C'est une ville fort ancienne, abandonnée depuis longtemps, qui était occupée, d'après nos savants, il y a des milliers d'années par un peuple aujourd'hui disparu. Nous ne savons même pas qui étaient ces gens. Tout ce que nous savons, c'est que nous ne sommes pas leurs descendants, grâce aux analyses ADN notamment. Nous ignorons où et pourquoi ils sont partis subitement, sans laisser d'explication, en laissant derrière eux toute cette architecture et cette mécanique qui continue de s'animer en défiant le temps depuis des millénaires. »

La bulle d'air, grosse libellule diaphane, se posa avec une douceur extrême sur une surface plane ressemblant à un parking, à l'entrée de la ville. Rien ne laissait supposer que cette ville était morte, au contraire. Du parking nous parvenaient toutes sortes de bruits, suggestifs, voire familiers. Sons, senteurs, mouvements, tout évoquait des habitants vaquant à leurs activités laborieuses : boulangers à leurs pétrins, informaticiens devant leurs pupitres d'ordinateurs, mécaniciens sous leurs ponts, enseignants aux prises avec leurs élèves, médecins, infirmiers et aides-soignants au chevet de leurs malades… Et les enseignes lumineuses des pharmacies et des grands magasins de clignoter ! Et sur les toits des bâtiments, les systèmes de ventilation de ronronner en dégageant une vapeur inodore ! Cependant, si tous ces gens existaient, ils demeuraient invisibles. Dans une usine située à l'écart, des cliquetis de machines-outils et de tapis roulants suggéraient quelque processus de fabrication en cours ainsi que des ouvriers à pied d'œuvre, tandis que des volutes de fumées s'échappaient de ses hautes cheminées. Et parfois, une sirène hurlante surpassait ce vacarme pour annoncer un événement, peut-être une pause ou une reprise. Même la poussière, d'ordinaire si prompte à se déposer sur tout espace abandonné était invisible. Un aspirateur géant était-il chargé de faire quotidiennement le ménage ? Ne manquaient à ce décor insolite que les passants, les embouteillages, les concerts de klaxon, les pétarades et les gaz d'échappement si courants dans les grandes villes. Tout le reste paraissait absolument vivant. Il ne manquait plus, sur les places publiques, que des jets d'eau pour que l'illusion de la vie soit parfaite.

« Etes-vous certains qu'il n'y a personne ici ? J'avoue que j'ai beaucoup de mal à le croire, confiai-je à mes guides. En plus de ces bruits déroutants, il me semble que des yeux curieux furètent derrière chaque rideau.

— Nous sommes absolument les seuls êtres vivants à fréquenter ce lieu en ce moment. Tous les bâtiments administratifs, les commerces, les usines avec leurs cheminées fumantes, les officines, les hôpitaux, tout sans exception est totalement inoccupé. Croyez-nous, *La Ville Morte* porte bien son nom : il n'y a pas âme qui vive en dépit des apparences.

— Mais pourquoi tous ces mouvements, ces activités qui font croire que la cité est pleine de vie ?

— Nous n'en savons pas plus que vous, c'est un mystère pour nous aussi. Des recherches et des fouilles ont bien été effectuées, elles n'ont pas permis de déceler le moindre indice expliquant la disparition de la population.

— Vous voulez dire que dans les maisons et les immeubles que nous voyons de chaque côté de la rue, vous n'avez retrouvé aucune trace d'être vivant ?

— Exactement ! »

Mon émerveillement et ma curiosité allaient croissant devant cet ensemble puissamment organisé et comme manœuvré par des fantômes. Je n'étais pas loin de me demander si une catégorie d'Horusiens n'avaient pas la propriété de se rendre invisibles, si ce n'était pas là une de leurs caractéristiques principales.

Mes guides affirmaient que le temps n'avait eu aucune prise sur tout ce qui existait et s'accomplissait ici depuis des milliers d'années. Et ce qui se déroulait devant mes yeux semblait leur donner raison. Dans la vitrine d'une boulangerie, des pains et des viennoiseries factices tentaient d'allécher les passants. Dans une autre, des mannequins élégants et souriants, vêtus de leurs plus beaux atours, poursuivaient leur entreprise de séduction. Derrière la vitre d'un magasin, une multitude de jouets, certains immobiles, d'autres gesticulant à loisir comme des automates, tâchaient d'attirer l'attention des enfants. Sur la devanture d'un horloger, semblables au coucou des horloges suisses, trois petits bonhommes sortaient à intervalles réguliers d'une boîte pour annoncer les heures en sifflant. Sur les flancs scintillants des plus hauts immeubles glissaient de haut en bas et de bas en haut des ascenseurs vides. Un édifice, à vocation religieuse de toute évidence, lançait dans le ciel ses multiples tours d'inspiration déjà moderne d'où s'égrenaient à intervalles réguliers les sons grêles d'une cloche. Sur une voie parallèle à la rue principale, des tramways cheminaient tranquillement, marquant des arrêts au cours desquels des portes s'ouvraient puis se refermaient comme pour laisser descendre ou monter des voyageurs, puis reprenaient leur course machinale. Point de conducteur, point de contrôleur ou de passagers. Le plus étrange, peut-être, était cette salle de cinéma, vide elle aussi. Mes accompagnateurs m'assurèrent que des films y étaient projetés en boucle, sans interruption, pour des spectateurs absents. La visualisation d'un seul de ces films aurait permis d'en savoir un peu plus sur ces ancêtres impalpables mais, d'après mes guides, les images étaient trop floues pour être exploitables.

Mais où donc étaient passés tous ces gens ? Une bombe à neutrons, en infligeant des dégâts aux tissus organiques et aux composants électroniques, aurait épargné la plupart des infrastructures mais laissé des cadavres carbonisés. Un tsunami aurait marqué le paysage de son empreinte, des objets entraînés loin de leur position initiale, des arbres déracinés, des véhicules renversés, des amoncellements divers… Une explosion volcanique comme à Pompéi ou à Saint-Pierre en Martinique aurait laissé une couche de cendre partout et des silhouettes pétrifiées. Ici, rien de tel. Tout était intact, les bâtiments, les choses, les paysages. De plus tout contribuait à donner l'illusion qu'une vie quotidienne normale continuait de se dérouler dans cette ville morte : bruits, lumières, mouvements.

Cependant, point de restes d'êtres humains ou autres.

Mes guides ajoutèrent : « Toute cette agitation, tous ces mouvements, ces bruits qui donnent une impression de vie perpétuelle, n'existent que dans les bâtiments publics et les locaux à usage commercial, et non dans les maisons particulières.

— Il doit y avoir une raison à cela, dis-je avec un aplomb surprenant de la part d'un étranger.

— Cette différence s'explique par une raison technique : le combustible utilisé par les anciens Horusiens… Tout est là. Tous les mécanismes ayant besoin d'énergie pour fonctionner, sont alimentés par le même produit. Seuls les bâtiments publics et ceux à usage commercial ou industriel sont dotés de ce type d'énergie propre et inépuisable.

— Admettons, dis-je, que les anciens avaient découvert une forme d'énergie renouvelable à volonté et non polluante de surcroît. Pourtant, les machines ont une durée de vie limitée, elles s'usent et même en les réparant, elles ne peuvent durer éternellement.

— Là aussi, nous avons une explication : la qualité des matériaux ! Les anciens disposaient d'une technologie fort avancée et savaient fabriquer des matériaux divers d'une solidité à toute épreuve. »

Donc, aucun individu ne pointait le bout de son nez aussi loin que portait la vue et, chose impressionnante, toutes les maisons sans exception demeuraient closes. Les habitants de *La Ville Morte* auraient-ils été victimes d'un cataclysme subit les ayant obligés à quitter précipitamment leurs demeures, les lieux de culte, les hôpitaux, les administrations, les bureaux d'affaires, les centres sportifs pour s'enfuir au plus vite en abandonnant leurs activités et sans rien emporter, prenant juste le temps de refermer les volets derrière eux ? C'était une probabilité parfaitement envisageable, d'autant plus qu'aucun corps n'avait été retrouvé sur place. Mais alors, où étaient donc passés tous ces gens ? Volatilisés ? Emportés dans des fusées vers d'autres cieux ?

Des fouilles minutieuses avaient bien été effectuées dans le cimetière, m'avaient assuré mes accompagnateurs. Elles avaient permis de mettre à jour de longs cercueils de pierre contenant des squelettes atteignant jusqu'à deux mètres cinquante de taille. Donc la ville en question avait été peuplée par des géants, ce qui contrastait singulièrement avec les Horusiens de l'époque actuelle.

Voulant avoir le cœur net, j'implorai mes guides de me laisser visiter une de ces constructions qui ressemblaient à une usine.

« C'est absolument impossible, s'écrièrent-ils en chœur. *La Ville Morte* dans son intégralité est classée monument historique. Même les Horusiens n'ont pas le droit de pénétrer dans la plus modeste de ces demeures. Le moindre fait et geste est filmé par l'une de ces centaines de caméras qui veillent au bon respect des règlements. Sur des écrans géants, une armée de fonctionnaires scrutent en permanence chaque mètre carré, prêts à intervenir à la moindre alerte. Afin de préserver au mieux l'authenticité des lieux, les autorités n'ont pas trouvé mieux que d'en interdire complètement l'accès. Ce qu'elles craignent par-dessus tout, c'est la propagation de bactéries qui, véhiculés par des êtres vivants, auraient un effet désastreux sur cet environnement. »

A regret, je suivis mes accompagnateurs hors de *La Ville Morte*, avec le sentiment amer du devoir non accompli : je ratais une occasion unique de recueillir des informations qui pouvaient être d'un grand intérêt pour les Terriens.

A travers les parois du sympathique engin, je pus observer sous un angle différent les constructions millénaires, alignées de chaque côté des rues, austères, intactes et si admirables. J'étais absolument bouleversé devant ce site parfaitement conservé et déserté par ses habitants, où des milliers d'êtres vivants — je n'osais dire « humains » — organisés socialement et appartenant à une civilisation fort avancée, avaient respiré, travaillé, souffert, aimé, espéré… On s'attend à chaque coin de rue à voir des enfants bondir, des ouvriers ou des employés vaquer à leurs labeurs, des passants déambuler.

8

Salle des débats. Audition 3

Selon un rite maintenant bien établi, je rejoignis les mêmes auditeurs dans cette salle des débats où j'avais déjà passé de longs moments et où j'avais pris l'habitude de m'épancher sans réserve. D'entrée de jeu, un petit homme au regard sévère imposa le thème suivant :

« Comment les femmes et les hommes de la Terre font-ils pour *se sustenter* ? Dans l'une de nos salles réservées à cet effet, vous avez pu vous-même participer à une de ces séances où les Horusiens prennent les nutriments nécessaires à leur survie, au moyen de l'un des trois procédés mis à leur disposition. Qu'en est-il chez vous ? »

Toute méfiance avait disparu chez moi et, fort de mon expérience d'enseignant qui m'autorisait à prendre la parole en public avec une certaine aisance, je répondis sans hésitation, d'autant plus volontiers que je connaissais relativement bien mon sujet.

« Le fait de prendre des nutriments n'est pas qu'une simple action mécanique pour les Terriens ; chez nous, cela s'appelle « se nourrir ». C'est une pratique quotidienne dictée par la nécessité, mais aussi une tradition ancestrale et un art de vivre. Chez les Terriens, à moins d'être paralysé sur un lit d'hôpital, il n'est pas

37

question de se sustenter en quelques minutes en se branchant à un tuyau de perfusion ou en avalant une gélule. Sur la Terre, les gens prennent le temps de déjeuner ou de dîner et ils font en sorte que cela se fasse le plus agréablement possible. Dans la plupart des sociétés terrestres, il existe trois repas dans la journée : le petit déjeuner au réveil, le déjeuner au milieu de la journée ; le dîner le soir. La journée d'un Terrien, rythmée par ces trois étapes, ne serait pas complète s'il était privé de l'une d'elle. Les repas se prennent généralement en famille. Une personne (souvent la mère) se charge de préparer les repas, « de faire la cuisine » (ce qui peut prendre plusieurs heures par jour). Ceux qui sont pressés, n'ont pas le temps ou l'envie de cuisiner peuvent aller au restaurant pour se payer des repas à leurs goûts. Dans ce cas, la préparation de la nourriture est confiée à des professionnels. C'est le domaine de la gastronomie qui s'applique à concocter les aliments en tenant compte de leurs saveurs, affinités, parfums, modes de cuisson, afin de satisfaire les palais les plus exigeants. Se pose aussi la question des habitudes culinaires : celles-ci varient en fonction des nationalités et des religions. Ainsi, les hindous très présents en Inde ne consomment pas la viande de boeuf ; les musulmans qui peuplent l'Indonésie, l'Afrique du Nord, le Moyen-Orient par exemple, évitent soigneusement la viande de porc. Certains ne consomment pas du tout de viande — ce sont les végétariens ; d'autres ne mangent que des fruits et des légumes — les végétaliens. Enfin, dernière tendance : on voit apparaître aujourd'hui des adeptes du véganisme qui bannissent de leur mode de vie tout produit issu de l'animal. Dans leur combat contre l'exploitation animale, les végans s'engagent à ne pas consommer de chair animale, de laitage, d'œuf, de miel ni de produits de la ruche, de ne pas porter de vêtements faits de matières premières provenant des animaux (fourrure, cuir, laine, soie, etc.), de ne pas utiliser de produits d'hygiène, d'entretien testés sur les animaux.

— Parlez-nous de ces professionnels de la nourriture…

— La production et le conditionnement de la nourriture font vivre énormément de personnes dans notre monde. En aval, se trouvent les agriculteurs et les éleveurs. Dans leurs champs ou dans leurs serres, les premiers cultivent les céréales, les fruits et les légumes nécessaires à l'alimentation humaine. Les seconds quant à eux fournissent la viande, le lait, les œufs, la laine, le cuir, etc.

Lorsqu'ils ne sont pas consommés directement, ces matières premières agricoles subissent des transformations : c'est le domaine de l'industrie agro-alimentaire. Ainsi transforme-t-on le blé en farine, le lait en fromage, le cacao en chocolat, etc. C'est très compartimenté, à chacun sa spécialité. La préparation du pain est la spécialité du boulanger ; le commerce et le conditionnement de la viande est pris en charge par les bouchers et les charcutiers. L'élevage des abeilles et la préparation du miel sont assurés par les apiculteurs.

Malheureusement, les insecticides, les pesticides et les herbicides utilisés par les agriculteurs pour accroître leurs rendements finissent par se retrouver dans l'assiette du consommateur, ce qui est à l'origine de maladies diverses, on cite par exemple le cas du cancer. Pour éviter cette contamination, un nombre croissant d'hommes et de femmes se tournent vers des produits issus d'une agriculture plus saine et respectueuse de l'environnement : la culture bio. La recherche d'une alimentation plus convenable et l'évolution des goûts des consommateurs entraînent un fléchissement de la demande en produits agricoles traditionnels et la baisse des revenus des agriculteurs. C'est le cas pour la farine de blé à quoi on reproche de contenir du gluten, du lait de vache qu'on dit nocif pour la santé et de la viande dont on remet en question les bienfaits nutritifs. Mais ce n'est pas tout. Les industriels de l'agro-alimentaire, dans le but de fabriquer des denrées qui plaisent aux consommateurs, ont la propriété de se conserver longtemps et reviennent moins cher, utilisent des ingrédients artificiels potentiellement dangereux pour la santé. Il en va ainsi des conservateurs, des exhausteurs de goût, des colorants et toutes sortes de composants chimiques indésirables. Cependant, les industriels les plus avisés s'adaptent peu à peu aux nouvelles exigences des consommateurs et essaient tant bien que mal de supprimer de leurs confections les composants indésirables.

— Vous avez parlé de cuisiniers. De quoi s'agit-il exactement ?

— Les cuisiniers sont des personnes payées pour préparer des repas dans des restaurants privés ou des collectivités. Ils se distinguent par leur degré de qualification et leurs talents individuels. Certains ont appris leur métier dans des écoles spécialisées, d'autres sur le terrain. Ceux qui travaillent dans des restaurants chics sont fort bien payés, de même ceux qui exercent dans des institutions comme le palais présidentiel de l'Elysée en France. On les appelle « chefs », ils sont très respectés et connus mondialement. Ils font l'objet de hautes distinctions nommées « étoiles », attribuées par des jurys spécialisés. C'est une récompense très convoitée qui peut être aussi à l'origine d'un stress important. Parmi les grands noms de la cuisine française qui ont le titre de chef, par exemple, on peut citer Pierre Gagnaire, Paul Bocuse, Alain Ducasse…

— Donc, pour résumer, si nous avons bien compris votre pensée, les Terriens sont divisés en deux catégories, les producteurs et les consommateurs.

— Exactement, avec cette nuance que les producteurs sont eux aussi des consommateurs, de leurs propres produits mais aussi des produits des autres. Il va sans dire que cette distinction ne concerne pas seulement les produits agricoles.

— En tant que consommateurs, vos agriculteurs connaissent bien les dangers des produits chimiques, alors pourquoi continuent-ils de produire des aliments néfastes pour la santé ?

— On peut se demander s'ils sont vraiment conscients de la réalité. Ils ont en tête deux préoccupations : produire au maximum et vendre leur récolte au meilleur prix. Et là, il faut reconnaître qu'ils ne sont pas vraiment gâtés. Leur marge bénéficiaire est étroite car elle ne dépend pas d'eux mais des intermédiaires et des circuits de distribution.

— On peut donc dire que sans ces agriculteurs, les êtres humains mourraient de faim. Mais puisqu'ils sont obligés de travailler pour gagner leur vie, c'est-à-dire de produire continuellement des denrées, tout va bien et chacun mange à sa faim.

— Je crains que ce ne soit pas aussi simple. Car un grand déséquilibre subsiste entre les Terriens en matière de nourriture. D'abord, à l'intérieur d'un même pays, ceux qui n'ont pas beaucoup d'argent mangent moins bien que les nantis. Les différences portent sur la quantité et également sur la qualité des vivres. Ensuite, une grande inégalité subsiste entre les nations. Dans certains pays dits industrialisés, une partie de la population mange trop et gaspille la nourriture. Outre les problèmes de surpoids et d'esthétique dus à l'obésité, cet excès de nourriture entraîne des maladies, notamment cardio-vasculaires. Dans d'autres au contraire, en particulier les pays du Sud, dits « en développement », les gens souffrent de malnutrition et meurent même de faim. Il n'est pas exagéré d'affirmer qu'une moitié des êtres humains *crève* de trop manger tandis que l'autre *crève* de faim. C'est une situation « paradoxale », mais qui est bien réelle. Enfin, une dernière chose : les industriels de l'agro-alimentaire ne se contentent pas de produire des denrées nécessaires à l'alimentation, ils fabriquent également des choses superflues dont le rôle n'est pas de nourrir mais de flatter le palais des consommateurs. C'est le cas des bonbons, chewing-gums, glaces, dragées, et autres friandises.

— Mais à quoi sont dues ces inégalités ? Comment se fait-il que des gens meurent encore de faim sur la Terre ? Ça ne devrait plus exister !

— Hélas, la pénurie de denrées alimentaires n'est pas due à la défaillance des hommes, c'est-à-dire qu'on ne peut accuser leur manque de volonté, d'énergie ou d'intelligence. Pour expliquer la faiblesse de la production agricole, plusieurs facteurs sont pointés du doigt dont l'infertilité des sols, la rareté des terres cultivables, les aléas climatiques tels que la sécheresse et les inondations, les ravages causés par des insectes comme les invasions de sauterelles en Afrique, mais aussi les guerres qui détruisent tout et empêchent les agriculteurs de travailler. Un autre facteur vient encore aggraver la situation dans ces pays déjà affaiblis : ils ont de nombreuses bouches à nourrir. On parle alors de surpopulation. Le paradoxe est que plus on est pauvre, plus on fait des enfants. Pour terminer, j'aimerais évoquer ces quelques contradictions. Un pays peut très bien vendre à l'étranger ses productions agricoles alors qu'une partie de sa population meurt de faim, faute d'argent pour se procurer les denrées nécessaires. Ou encore celle-ci : il peut y avoir surproduction et mévente dans un pays donné, et dans ce cas les paysans mécontents préfèrent détruire leurs produits au lieu de les vendre à perte, alors qu'au même moment des gens manquent cruellement de ces mêmes produits. C'est la terrible loi du marché, la loi de l'offre et de la demande qui favorise ceux qui ont les moyens et abandonnent les autres à leur triste sort.

— Nous vous remercions pour ce brillant exposé qui nous a beaucoup appris sur le mode de vie et les mœurs des habitants de la Terre. Comme vous avez pu déjà le constater, nous n'avons pas du tout les mêmes habitudes alimentaires. Nous ne savons pas si l'agriculture a jamais existé sur Horus ; depuis la nuit des temps nous fabriquons dans nos usines les solutions, patchs et autres gélules nécessaires à notre alimentation. Ainsi, nous ne subissons pas les pertes de temps engendrées par les activités agricoles et pastorales, ainsi que par la préparation et la prise des repas. De plus, comme nous fournissons à notre organisme juste ce qu'il faut en protéines, vitamines et sels minéraux, nos procédés de sustentation ne génèrent aucune maladie. Nous n'avons pas non plus de problème d'obésité, etc. Nous avons une obsession : éviter de perdre du temps. Pragmatiques, nous nous faisons un devoir de rechercher l'efficacité à tout prix. Nous traquons et éliminons tout ce qui peut constituer un frein à nos ambitions. Notre ennemi numéro un est le Temps, nous n'avons pas encore réussi à le domestiquer, c'est toujours lui le maître. Il faut se mettre à notre place : nos meilleurs vaisseaux mettent vingt à quarante ans pour se rendre sur la planète la plus proche. C'est dire si le temps nous est compté. »

J'avais encore une foule de questions à poser à mes interlocuteurs bien que ce ne fût pas mon rôle ici d'interroger. Par exemple je brûlais d'envie de savoir où ils prenaient les vitamines, sels minéraux et protéines avant leur transformation en gélules ou autres. Mais il fallait faire un choix dans les questions.

« Mais que faites-vous alors de la convivialité ? lançai-je, les Terriens aiment inviter leur famille et leurs amis à partager un repas. On apprécie la bonne chère, on loue la maîtresse de maison. On passe des heures autour de la table à discuter, à commenter les nouvelles. On refait le monde, et parfois on s'engueule. C'est le meilleur moyen d'entretenir des relations humaines. Je ne saurais imaginer l'existence sur la Terre sans le respect de ces traditions séculaires.

— Nous en reparlerons, vous aurez tout le temps d'observer nos us et coutumes pendant votre *séjour* chez nous. »

Ces dernières paroles provoquèrent chez moi une forte émotion. Evidemment, cette question de mon retour sur la Terre était un sujet hautement sensible que je n'osais pas évoquer, même en pensée. Un séjour a un début et une fin ; qui dit fin dit retour. Je ne pouvais songer à cette éventualité sans tressaillir. Les autorités horusiennes avaient donc prévu que j'effectue un séjour sur leur territoire, avec une date d'arrivée et une date de départ, et non que je finisse ma vie sur Horus. Rien ne pouvait me réconforter davantage en ce moment.

9

Une fois à l'extérieur, mes deux guides m'annoncèrent sans détours que désormais j'allais devoir me passer de leur compagnie. En haut lieu on avait estimé que j'étais inoffensif et suffisamment digne de confiance pour bénéficier d'une certaine liberté de mouvement. Je leur dis que je regrettais cette décision car j'avais peur de me retrouver démuni sur ce sol inconnu, mais ils n'étaient que des subordonnés. A l'instar d'un malheureux migrant clandestin, imaginez-vous débarquer sans aucune ressource ni papier officiel dans une ville étrangère comme New York, Moscou ou Pékin ? Du reste je commençais à m'habituer à la présence de ces deux têtes d'ange à qui il ne manquait que le sourire pour être définitivement sympathiques. Durant ces quelques jours passés ensemble, Dialu et Diael avaient fait de leur mieux pour me rendre le séjour le moins pénible possible. Avant de me quitter, ils me remirent un laissez-passer qui me donnait accès aux différents points stratégiques de la *Ville Saine*. Aucun foyer d'accueil n'était spécialement prévu pour les « hôtes de passage », cependant je n'avais aucun souci à me faire. Je pouvais me restaurer dans *La Salle de Sustentation* et passer la nuit dans *La Salle Z.* « Passer la nuit » n'est pas l'expression qui convient le mieux pour désigner ce qu'on faisait dans cette maison censée être vouée au repos. Pour tout dire, cela n'avait pas grand-chose à voir avec le sommeil tel qu'on l'entend sur notre bonne vieille Terre.

Comme pour les repas, il fallait oublier ce qui pour un être humain caractérise une bonne nuit, c'est-à-dire tranquillité, repos, rêve et volupté. Pour les Horusiens, seul importait l'aspect utilitaire du sommeil, en l'occurrence sa fonction réparatrice. Et pour ce faire, point besoin d'une nuit complète de Terrien, soit cinq à huit heures. Ici on n'avait pas de temps à perdre, moins on passait du temps à se régénérer, mieux cela valait. Aussi, pendant le laps de temps normalement dévolu au sommeil, les Horusiens pratiquaient le *sommeil paradoxal* — cette phase connue pour être le moment privilégié du rêve, et pour jouer un rôle primordial dans la maturation du système nerveux ainsi que dans l'augmentation des capacités de stockage en mémoire —, et s'adonnaient en même temps à diverses activités, jugées incompatibles chez nous.

Une fois seul, je me dirigeai sans attendre vers cette fameuse *Salle Z* où j'avais la prétention de jouir de mon premier vrai repos. Il n'y avait pas d'heure spéciale pour y pénétrer ; les volontaires y venaient quand le besoin se faisait sentir. Les visiteurs avaient à leur disposition une série de machines automatiques et un personnel restreint chargé d'assister les novices. Allongés sur le dos, immobiles, les yeux mis-clos, ils auraient eu l'air de vacanciers savourant le farniente sans ces électrodes qui ornaient leurs crânes lisses. Grâce à de nombreux capteurs affectés chacun à un rôle précis, ils vaquaient à trois occupations en même temps, — le maximum autorisé. Un capteur permettait aux cellules de se régénérer en reproduisant artificiellement le sommeil *paradoxal*, un autre était dédié aux apprentissages, un autre encore se chargeait des divertissements. On pouvait de la sorte préparer un examen, approfondir ses connaissances dans un domaine quelconque tel l'astronomie, apprendre à jouer d'un instrument de musique. Dialu m'avait ainsi confié, qu'en une heure seulement, au lieu des trois années de conservatoire habituellement nécessaires, il avait appris à jouer merveilleusement de la tareline, instrument semblable à une guitare, aux cordes douces comme de la soie et produisant un son divin. Une fonction en particulier me séduisait : celle qui permettait en une heure à peine d'assimiler un livre de milles pages. Cela aurait été fort utile au piètre lecteur à la culture lacunaire, que j'étais. Si j'avais disposé de tels moyens à l'époque, je n'aurais jamais eu de problème avec l'agrégation d'histoire. D'autres capteurs procuraient quant à eux tous les divertissements souhaitables : se balader en trois dimensions dans les canyons inaccessibles d'Horus, voire dans l'espace intersidéral (les spationautes avaient rapporté des films époustouflants de leurs missions qui pouvaient être exploités à cette fin) ; aller au cinéma ; assister à un concert...

En pénétrant dans cette *Salle Z*, mon premier souhait était de m'affaler enfin sur un grand lit rectangulaire parmi des coussins soyeux, sous une douce couette. Mais on m'installa sur une chaise longue au confort spartiate en me priant de choisir, en plus du sommeil obligatoire, les deux options qui m'intéressaient. Sans hésitation, mon choix se porta sur une balade en trois dimensions dans le voisinage intersidéral d'Horus, espérant apprendre un peu plus sur cette planète. A peine installé, je ressentis les bienfaits du sommeil paradoxal, soit l'équivalent d'une douce nuit de sommeil. Au même moment, adossé à un fauteuil oblique derrière un pare-brise panoramique, mon esprit fonçait en direction du ciel noir et des astres lumineux. Fanatique de grand huit, de montagne russe et de toutes sortes de manèges plus vertigineux les uns que les autres, je peux vous assurer que j'eus pourtant mon compte de sensations fortes. Le pire était quand mon vaisseau frôlait à toute vitesse des météorites et autres sortes de déchets cosmiques, dont des fragments de sondes et de satellites. Plus de vingt fois, échappant de peu à une collision fatale, j'ai cru voir mon vaisseau voler en éclats et mes débris se disperser dans l'immensité cosmique.

Ainsi revigoré, détendu, je me sentais d'attaque pour de nouveaux efforts. Des étoiles scintillaient dans le lointain et les deux lunes jumelles — si proches qu'on y apercevait des montagnes et des vallées — dispensaient une clarté largement suffisante pour pallier l'absence du gros soleil rouge, à tel point qu'on pouvait se croire en plein jour. Enhardi par cette liberté relative, je m'enfonçai dans les rues de la *Ville Saine* avec l'ivresse d'un explorateur du XIXème siècle s'élançant à la découverte du Nouveau monde. Mon attention allait des maisons cossues ceintes de splendides jardins aux petits vaisseaux transparents qui rasaient les toits à faible vitesse ainsi qu'aux hommes et femmes volants, engoncés dans leurs combinaisons fluorescentes. Des couples et des familles entières se baladaient ainsi au double clair de lune, profitant de la douceur nocturne pour mieux apprécier les mille facettes de leur cité. Au niveau du sol, ce n'étaient pas des bolides de type formule 1, rugissant et crachant des flammes qui fonçaient à la vitesse du son, mais de simples calèches montées très haut sur coussin d'air et tirées par des chevaux blancs, qui se faufilaient parmi les passants. Tout cela sans bruit, sans précipitation, sans agressivité, sans pollution. Etonnamment, la technologie d'un niveau très élevé sur Horus, n'avait pas relégué aux calendes grecques les techniques archaïques traditionnelles. Je croyais les Horusiens pressés, particulièrement économes de leur temps ; ces familles survolant tranquillement la ville à la tombée de la nuit, ces calèches trottinant dans les rues avec nonchalance prouvaient le contraire. Les scènes les plus tendres se déroulaient derrière les immenses baies vitrées des maisons : couples tendrement enlacés ne se quittant pas des yeux, enfants agrippés à leur mère, échanges de mots doux et de baisers. Ce n'était que douceur et amour dans les logis, quasiment transparents eux aussi. Tout se passait comme si les Horusiens, inquiets de la marche trop rapide du Temps, prenaient la peine de déguster l'instant présent avec autant d'intensité que possible, comme si chaque minute était la dernière de leur existence.

Soudain, une voix derrière moi m'interpella. Je me retournai vivement. Un couple d'une quarantaine d'années (je n'avais pas vu de personnes plus âgées depuis mon arrivée) me souriait avec bienveillance. Même teint bleuâtre, même visage triangulaire, crâne chauve et pointu pour l'homme et la femme, rien ne les distinguait des autres couples qui déambulaient à cette heure tardive, main dans la main.

« Vous êtes bien l'homme de la Terre ? me demanda le mari dans cette langue si musicale, spontanément traduite par la montre-bracelet que je portais continuellement à mon poignet, en levant la tête vers le ciel pour voir mon visage.

— Ça se voit tant que ça que je viens de la Terre ?

— Il n'y a rien de plus facile que de reconnaître les étrangers qui débarquent chez nous. Vous n'avez pas les mêmes traits que nous, et vous êtes si grand !

— Pourtant, je ne mesure que 1,65 mètre. Savez-vous que chez nous, il existe des individus beaucoup plus grands que moi, certains mesurent plus de 2m. Comparé à eux, je suis presque un nain. »

Soudain, une voix douce se fit entendre derrière moi : « S'il vous plaît, monsieur, voulez-vous vous mettre légèrement sur le côté, pour que la voiture puisse passer ? » Je découvris avec surprise que la voix venait d'une de ces montures qui tiraient une calèche. Je fis vivement un pas en arrière.

« Excusez-moi, reprit la douce bête, je ne voulais pas vous effrayer. Mais un accident est si vite arrivé ! »

La bête blanche que j'avais d'abord prise pour un cheval était en réalité un animal qui tenait à la fois du mouton pour son pelage, du chameau pour sa corpulence et du lama pour sa douceur. La voiture glissa doucement près de nous et pendant que la monture m'adressait un aimable sourire en guise de remerciement, je m'aperçus qu'elle ne correspondait en fait à aucun animal connu sur la terre.

« Ah, ces braves *Ligories*, dit l'homme, qu'est-ce que nous ferions sans elles ! Elles sont vraiment adorables. Toujours d'excellente humeur, aimables, serviables, elles n'ont que des qualités.

— C'est la première fois que je vois cet animal. J'ai d'abord cru que c'était un cheval, puis un chameau ou un lama blanc, mais après en avoir vu un de près, et surtout après l'avoir entendu parler, je ne sais plus quoi penser. Mais comment faites-vous pour le nourrir ? Je n'ai rien vu qui ressemble à une forge, une botte de paille, un abreuvoir. Rien, pas même une crotte sur la chaussée.

— Ne cherchez pas plus loin : il s'agit d'une de ces créatures que nous avons fabriquées de toutes pièces pour nous faciliter la vie. Les *Ligories* servent au transport ; elles peuvent tout aussi bien tirer une voiture avec ses passagers que transporter des charges. Nous avons aussi d'autres créatures qui assurent des services différents.

— Mais comment fonctionnent ces *Ligories* ?

— Vous voulez dire, avec quelle source d'énergie ? Nos scientifiques ont mis au point depuis longtemps un accumulateur miniature qui se recharge automatiquement, grâce à l'énergie des astres. Tous nos appareils fonctionnent sur le même principe. Pour le reste, les *Ligories* ont été programmées pour effectuer des trajets routiers relativement courts. Il n'est pas nécessaire de leur préciser l'itinéraire ou leur donner des ordres, elles sont capables de deviner elles-mêmes nos intentions. Mais ce n'est pas pour vous parler des *Ligories* que nous nous sommes rapprochés de vous. C'est parce que nous sommes sensibles à votre détresse et que nous aimerions vous aider. Nous souhaitons que votre séjour parmi nous se déroule dans les meilleures conditions possibles. Si vous acceptez notre aide, vous vous intégrerez plus facilement dans notre société. Peut-être même deviendrez-vous l'un des nôtres.

— Vous êtes bien aimables de vous intéresser à ma personne, mais pour être franc, ce n'est pas l'intégration que je recherche, j'espère simplement retourner sur la Terre le plus vite possible.

— Malheureusement, cela ne dépend pas de nous. Et puis, les voyages interplanétaires ne se font pas tous les jours. En attendant, si cela ne vous gêne pas, nous aimerions discuter avec vous de l'existence sur la Terre, indépendamment de ce que vous pourriez raconter aux scientifiques de *La Salle des Débats*. En échange, nous vous dirons tout ce que vous voulez savoir. »

Je ne pouvais espérer meilleure aubaine. Rassembler le maximum d'informations au sujet d'Horus et de ses habitants avant de repartir était évidemment la meilleure chose que je pouvais faire pour rendre service à mes concitoyens.

« Par quoi commençons-nous ? Qu'est-ce que vous désirez savoir sur les habitants de Horus ? Allez-y, posez vos questions.

— Depuis que je suis sur Horus, je n'ai rencontré aucun vieillard. J'ai vu des nourrissons, des adolescents, des hommes et des femmes en pleine force de l'âge, mais personne qui dépasse la quarantaine. Que faites-vous de vos vieux ? Ceux qui sont tellement fatigués et usés par le poids des années qu'ils ne peuvent plus rien faire et deviennent des fardeaux pour la société. Je parle comme ça parce que la vieillesse chez nous pose de gros problèmes. A mesure qu'ils avancent en âge, les hommes et les femmes dépérissent physiquement et intellectuellement, ils ont la vue et l'ouïe qui déclinent, ils ont du mal pour marcher - certains restent même cloués au lit - et ils perdent leur autonomie à tel point qu'ils ne survivent qu'à condition d'être pris en charge par leurs enfants, et lorsque leurs enfants ne peuvent s'occuper d'eux, ils sont placés dans des maisons de retraite ou des familles d'accueil, où ils finissent leur vie dans des conditions misérables. Il n'y a rien de plus triste que ces vieux qui attendent la mort loin de leur famille, qui dépendent complètement d'autrui et qui le plus souvent ont perdu la raison. En est-il de même chez vous ?

— Non, franchement, le mot « vieillesse » ne fait plus partie de notre vocabulaire depuis belle lurette. Après avoir compris que le vieillissement était une maladie comme une autre, et qu'il était provoqué par un dysfonctionnement de nos cellules, nos scientifiques ont réussi à corriger ce problème. Il n'y a plus de vieux chez nous parce que chez nous, on ne vieillit pas. A partir de quarante ans, le processus du vieillissement est bloqué chez les Horusiens ; sur notre planète on peut espérer vivre jusqu'à deux cent-cinquante ans, sans connaître de souci de santé. Si vous acceptez de vivre parmi nous, vous bénéficierez vous aussi de cette faveur.

— Mais tous les Horusiens sont-ils d'accord pour vivre jusqu'à deux cent-cinquante ans ? Certains ne préfèrent-ils pas suivre le cours naturel de leur existence, vieillir et mourir normalement ?

— Nous n'avons pas le choix. Le même traitement est appliqué à tout le monde sans exception : la loi nous y oblige.

— Mais que deviennent ensuite ceux qui ont atteint plus de deux cent-cinquante ans ?

— A vrai dire, l'éternité n'est plus un problème sur Horus, les habitants pourraient vivre éternellement s'ils le souhaitaient. Mais personne jusqu'à maintenant n'a choisi cette option. Les obstacles ne sont pas d'ordre physiologique, mais psychique. Il n'y pas une seule maladie qu'elle soit accidentelle, congénitale, microbienne ou générée par une alimentation malsaine, qui résiste à nos remèdes. Mais sur le plan psychique, nos savants sont impuissants. Passé un certain seuil - au-delà de deux cents ans - la motivation diminue chez l'homme et la femme, la lassitude s'installe, l'esprit saturé aspire au repos et tous souhaitent abréger leur vie.

— Vous voulez dire que le suicide est couramment pratiqué ?

— Non, nous lui préférons l'euthanasie qui, chez nous, n'est pas un casse-tête juridique et ne pose pas de problème de conscience. Donc, nous la mettons en œuvre systématiquement, dès lors que le sujet en fait la demande, ou sa famille si ce dernier n'est plus en mesure de prendre une décision.

— Quelle est la voie utilisée alors ? Le poison, le gaz, l'électrocution, la fusillade ?

— Aucun de ces moyens archaïques… Pour revenir à notre proposition, cela nous ferait vraiment plaisir que vous acceptiez l'intégration. Peu à peu, vous adopterez nos habitudes, notre mode de pensée, vous finirez par vous transformer physiquement au point de nous ressembler.

— Qu'est-ce que vous voulez dire par « transformer » ?

— Ne soyez pas vexé, mais avec votre teint de pêche, vos traits réguliers, vos cheveux mi-longs, vos yeux clairs, votre sourire angélique, votre grande taille, vous faites vraiment pitié. Autant de laideur réunie chez un seul homme, c'est trop triste ! Si vous désirez rester parmi nous, il faudra bien qu'on vous prenne en main et qu'on vous remodèle. »

Soudain toutes les conversations s'interrompirent, chacun s'arrêta de parler pour regarder une ombre fantastique qui planait en direction de l'ouest. Peu à peu, parmi les nuages, les contours d'un énorme engin volant se précisèrent. Dans les rues, des hourras s'élevaient, accompagnés d'applaudissements. C'était le retour du vaisseau cargo qui revenait de la Terre, avec son chargement de matières précieuses.

10

Salle des débats. Audition 4

« Parlez-nous de la procréation chez les êtres humains. Comment font-ils des enfants ? Notre question est naïve mais il y a tellement de points que nous aimerions éclaircir.

— Si la question est simple, la réponse est complexe au contraire. Voulez-vous vraiment savoir tous les détails ?

— Tout ce que vous pourrez nous apprendre sera précieux pour notre science.

— D'accord. Mais avant toute chose, afin de m'épargner des explications superflues, il me faudrait savoir comment vous faites chez vous, si cela ne vous ennuie pas.

— Oh ! dit l'un d'eux, ce sera vite fait. Chez nous, pour faire un enfant, nous avons recours depuis fort longtemps à la *procréation artificielle*. Il n'est pas question qu'un mâle et une femelle s'accouplent et attendent trente-deux semaines (c'est le délai moyen de gestation chez les Horusiens) pour produire un enfant. D'une part, la grossesse comporte trop de contraintes pour la femme ; d'autre part, trop d'incertitudes subsistent concernant le sexe, la couleur des yeux et des cheveux, la santé et le profil intellectuel de l'enfant. Or, nous ne voulons rien laisser au hasard. Chaque enfant qui naît sur le sol horusien est voulu par le couple et l'ensemble de la communauté, programmé, réalisé selon des règles précises et rigoureuses. Après avoir longtemps pratiqué la *Fécondation in vitro* qui, comme vous le

55

savez peut-être, consiste à mettre en contact les ovules et les spmertazoïdes hors de l'utérus, nous avons préféré nous tourner exclusivement vers le clonage. Cette technique que nos scientifiques maîtrisent maintenant à la perfection présente moins de risques et de mauvaises surprises ; en outre elle nous permet de coller au mieux à nos désirs et à nos besoins. Ainsi, sur notre planète, à l'heure actuelle, nous engendrons les enfants que nous voulons, quand nous le voulons, avec les caractéristiques physiques et intellectuelles qui correspondent le mieux à nos goûts et aux besoins de notre société. »

Ici, j'aurais voulu intervenir, crier que tout cela manquait de poésie, de charme et de sens moral. Oter aux parents la capacité d'engendrer librement, c'était les priver de l'essentiel. Qu'est-ce qu'on faisait alors des sentiments, en particulier de l'amour qui pousse deux êtres à se rencontrer, à avoir des relations sexuelles, à désirer un enfant destiné à être la quintessence du couple, le symbole de sa fusion et son prolongement dans les générations futures ? Mais je n'eus pas le courage de m'exprimer franchement.

« Chez nous, c'est beaucoup plus archaïque, dis-je simplement. C'est la nature qui décide, le plus souvent. Des enfants naissent régulièrement (139 000 000 naissances bon an mal an) et le monde s'agrandit inexorablement. Or, pour que l'homme et la femme aient envie d'avoir des rapports sexuels susceptibles d'engendrer des naissances, la nature a prévu le plaisir. Mais de cette alchimie, bien peu sont conscients. Nous croyons céder aux caprices du hasard, de la chance ou de la malchance, de nos sens, de nos sentiments, voire de la passion alors qu'en réalité, nous entrons dans un processus physiologique basique.

La rencontre entre un homme et une femme est souvent le fruit du hasard. Un petit nombre seulement de personnes s'adressent, à un moment donné de leur vie, à des agences spécialisées pour choisir une âme sœur, en fonction de critères sélectifs, dans le but probable de limiter les mauvaises surprises. Les considérations matérielles telles que l'appartenance sociale, la profession, le degré de fortune, les qualités intellectuelles ne sont certes pas étrangères au choix du ou de la partenaire, mais le plus souvent c'est d'abord l'attirance physique qui déclenche le mécanisme du rapprochement. Quoi qu'il en soit, si tout se passe bien, l'amour s'invite dans le couple - l'amour ce sentiment bizarre, fait d'un mélange délicat dans lequel entrent en jeu des éléments aussi divers que le coup de foudre, l'esprit de conquête, le besoin de protection et... la production d'hormones : dopamine, adrénaline, ocytocine, phényléthylamine.

Un événement important vient officialiser cette union entre un homme et une femme, voire entre un homme et un autre homme, ou une femme et une autre femme : il s'agit du mariage civil, lequel s'accompagne très souvent du mariage religieux. Le mariage civil engage les époux à vivre ensemble, à être fidèles l'un à l'autre, à se porter mutuellement assistance et constitue en quelque sorte une autorisation et un encouragement à faire l'amour légalement et à procréer. Malheureusement, les mariages connaissent une fortune diverse et ne se déroulent pas toujours comme a prévu le législateur. Arrive le moment où toute barrière entre les deux partenaires est abolie et que l'amour physique entre en scène. Quelque temps après des enfants naissent ; la nature a donc obtenu ce qu'elle voulait. Ces enfants sont-ils désirés ? Pas toujours. Sont-ils en bonne santé ? Pas toujours.

Parallèlement à ces couples qui cèdent à leurs pulsions sans précautions particulières, d'autres se targuent de choisir eux-mêmes quand et combien ils veulent d'enfants. Ceux-ci ont recours à la contraception : les hommes enfilent des préservatifs, les femmes avalent des pilules ou s'équipent d'un stérilet. Si c'est nécessaire, en dernier ressort on a recours à l'avortement. Malheureusement, certains couples désirent ardemment des enfants mais demeurent stériles. Pour contourner cet obstacle, ils ont le choix entre plusieurs méthodes. L'*insémination artificielle* consiste à injecter dans l'utérus de la femme, au moment de l'ovulation, du sperme frais ou congelé, (celui de son compagnon ou d'un donneur). Dans le cas de la *Fécondation In Vitro* des ovocytes sont prélevés dans les follicules par ponction, puis mis en présence des spermatozoïdes préparés et cultivés, avant d'être implantés dans l'utérus de la mère. Enfin, la

GPA (*Gestation Pour Autrui*) vient au secours des femmes frappées d'infertilité en raison d'un problème d'utérus. La mère porteuse se charge de porter l'enfant d'un couple de « parents intentionnels » qui a fourni des embryons. La mère porteuse ne fournit pas d'ovule, elle se contente de prendre en charge le développement in utero et, à la naissance, remet l'enfant aux parents intentionnels.

Enfin, certaines personnes ne veulent surtout pas d'enfants et exploitent le processus physiologique prévu par la nature dans le but exclusif d'atteindre le plaisir sexuel. Pour ce faire, tous les moyens sont bons : ils tentent de nouvelles expériences, s'inspirent d'images érotiques ou de films pornographiques, utilisent des sex toys, des produits aphrodisiaques ou se lancent dans des aventures orgiaques et collectives. La recherche du plaisir peut être un facteur de discorde dans le couple, car lorsque cela ne marche pas pour l'un des partenaires, il ou elle peut être tenté(e) de se satisfaire ailleurs. Or, l'adultère ne manque jamais de provoquer des drames familiaux tels les règlements de compte et les divorces, si douloureux pour les enfants. En réalité, l'harmonie sexuelle dans le couple n'est pas aussi simple à obtenir qu'on croit, pour la simple raison qu'il existe un déséquilibre en matière sexuelle entre l'homme et la femme. L'homme atteint le plaisir plus facilement que la femme et quand il l'a obtenu, il aurait tendance à s'endormir. Au contraire, après une première extase, la femme qui est pluri-orgasmique, s'attend à de nouveaux soubresauts encore plus intenses. Et c'est là que le bât blesse.

— Tout cela est passionnant ! déclara quelqu'un qui semblait être un personnage important. Il nous semble, en effet, que les Terriens aiment se compliquer exagérément la vie. Heureusement que chez nous, l'évolution technologique nous a permis de nous libérer de cet embrouillamini générateur de problèmes en tous genres. Bon, ce sera tout pour aujourd'hui. Allez vous reposer.

Devant la salle des débats, Fati et Trama m'attendaient, impatients.

— Alors, il paraît que le thème d'aujourd'hui était « la procréation » ? demanda le petit homme presque avec gourmandise.

— A cela, il faut ajouter l'amour et les relations sexuelles.

— Ça a dû être passionnant !

— Il me semble en effet que l'on m'a écouté avec beaucoup d'intérêt. Mais vous savez, c'est toujours comme ça quel que soit le sujet, les auditeurs de *La Salle des Débats* sont des gens graves et attentifs.

— Et nous, ne pourrions-nous pas profiter un peu *a posteriori* de ce débat ?

— Il n'y a qu'à demander. Mais je vous préviens, je m'exprimerai sans tabou et je dirai tout ce qui me passera par la tête. Et puis surtout, lorsque j'aurai terminé, il faudra que vous me racontiez en toute sincérité vous aussi comment les choses se passent ici dans l'intimité des couples.

Patiemment, non sans malice, je parlai des relations conjugales, en ajoutant quelques détails croustillants, de façon à tenir mes interlocuteurs en haleine. Puis, à la fin, ce fut mon tour de les écouter évoquer leur vie intime.

Les Horusiens avaient en horreur l'amour physique, tel que le pratiquaient leurs ancêtres. Jugée bestiale, dégradante et source d'ennuis, cette pratique avait été écartée une fois pour toutes. Par ailleurs, les maris insatisfaits en avaient marre de supplier leurs épouses pour obtenir leur pitance, ils en avaient marre de faire des enfants non désirés ; ils ne supportaient plus de devoir tromper leurs épouses récalcitrantes pour se soulager, au risque d'attraper des maladies vénériennes. Au moment où je me trouvais parmi eux, pour les couples Horusiens seul comptait l'Amour dans sa forme pure et absolue, l'amour platonique. Deux amants pouvaient se regarder dans les yeux des heures durant en se tenant la main, échanger des compliments, lire des poèmes, regarder ensemble un film, admirer une œuvre picturale, s'extasier dans un même élan devant un coucher de soleil ou une fleur, verser une larme complice devant le sourire d'un enfant. Le but ultime étant la communion parfaite entre deux êtres, source selon eux d'une félicité indicible. Pour calmer leur libido qui tout de même pouvait se montrer pressante, ils usaient de moyens sophistiqués rendus accessibles par le progrès technologique.

Une fois leurs désirs exacerbés, dans l'intimité douillette de leur demeure, ils n'avaient plus qu'à revêtir une combinaison spéciale bourrée d'électrodes et à se connecter à une sorte de jeu vidéo en 3 D. Des paramètres permettaient de choisir l'environnement ainsi que le ou la partenaire idéale, qu'on pouvait varier à l'infini, en tenant compte de l'attirance, de la taille, de la couleur de la peau, etc. Une débauche d'images évocatrices, de sensations tactiles, olfactives, gustatives et phoniques, d'un réalisme saisissant, stimulait infailliblement l'organisme. Selon le réglage choisi par le ou la bénéficiaire, le plaisir - illustré par des gémissements et d'abondants écoulements liquides était immédiat et instantané ou retardé et prolongé. Ainsi, chacun choisissait soi-même l'intensité de son plaisir, le nombre et la fréquence de ses orgasmes. Ces appareils sophistiqués servaient d'exutoire comme nos fameuses maisons closes d'autrefois, les inconvénients en moins. Ici, tout se faisait ouvertement et le plus légalement du monde, avec la bénédiction des autorités. De part et d'autre on se félicitait des bienfaits que ces mœurs apportaient à la société : diminution du nombre d'agressions sexuelles, disparition progressive des pratiques déviantes telles que l'inceste, la pédophilie, la zoophilie…

En arrivant sur cette planète, j'avoue que l'un de mes soucis était de savoir comment j'allais assouvir ma libido. C'est le genre de contrariété qui en général préoccupe tout homme en bonne santé, marié ou pas, après quelques jours de diète. Entamer une aventure avec une jeune et belle Horusienne, à l'instar d'*Ulysse Mérou* et de sa charmante *Nova,* effleura alors mon esprit. Je formai secrètement le vœu qu'une occasion favorable se présentât tout en craignant qu'un obstacle juridique ou moral ne vînt entraver mon dessein. Ce sont des considérations d'un autre ordre qui vinrent perturber mes velléités. J'avais beau scruter le plus attentivement possible le paysage humain, je ne trouvai aucune personne à mon goût, grosso modo une femme de mon âge ou plus jeune, désirable, avec un visage et des formes convenables. Vraiment, ces femmelettes au visage bleuâtre et triangulaire, ces regards fortement obliques, ces seins plats n'avaient rien pour me séduire. Je ne compris que plus tard que j'étais le seul sur cette planète à percevoir les choses de cette façon : Fati m'expliqua sans détour que je ne correspondais pas moi non plus aux canons de la beauté masculine, tels qu'ils étaient définis sur Horus. Chez les Horusiens, en effet, mon profil de Terrien ne suscitait que curiosité et dédain. Je pensais alors naïvement qu'ils auraient pu au moins utiliser ma semence, afin d'obtenir par croisement une espèce d'être surhumain, rassemblant les qualités de nos deux planètes. C'était sans compter avec l'orgueil national de ce peuple : il m'apparut clairement qu'ils avaient peur de flétrir la pureté de leur race en produisant une espèce de monstre qui serait rejeté par l'ensemble de la communauté horusienne. Et les choses en restèrent là.

Entre deux discussions fort animées sur les mérites comparés de l'amour charnel et de l'amour platonique, je suppliai Fati de m'emmener faire une balade dans le splendide jardin entrevu à mon arrivée. Les oiseaux et les papillons multicolores, les fruits dodus vivement colorés et les fleurs au parfum capiteux enchantaient encore mes sens.

« Mais mon pauvre Paul, tout cela n'est que du leurre ! s'exclama Fati. Tous les éléments dont tu parles existent réellement mais ils ne sont pas naturels. Ils ont juste une fonction esthétique, ils ont été conçus uniquement pour le plaisir des sens.

— Comment est-ce possible ? Non, ce n'est pas vrai ! Tu veux dire que tout est faux ?

— Admettons que c'est bluffant. Ah, il faut reconnaître que nos plasticiens ont du talent ! Mais c'est la triste réalité. Plutôt que d'exposer les yeux des Horusiens à des paysages sinistres, les autorités ont préféré truquer les apparences. Pour cela, il a fallu concevoir et fabriquer des milliers de végétaux avec leurs fruits et leurs fleurs ainsi que des animaux, en particulier des oiseaux et des papillons réputés pour leur capacité à égayer la nature grâce leurs chants, leurs couleurs et leur mobilité. Bien entendu, construire ces petits robots qui imitent à la perfection leurs modèles a demandé des prouesses techniques et nécessité beaucoup de travail.

— Je ne comprends pas. Mais quel intérêt les Horusiens ont-ils à remplacer les créatures naturelles par des factices.

— Ce n'est pas une question d'intérêt, de goût ou de volonté, nous y avons été contraints par la nécessité. Sache que le sol d'Horus est entièrement stérile et que l'eau est quasi absente non seulement du sol mais aussi de l'atmosphère. Ce que nous envions les grandes étendues aquatiques de la planète Terre ! Ah, ces océans, ces fleuves, ces lacs, comme ils nous font cruellement défaut ! Toutes ces pluies qui se perdent dans le sol ou fuient vers la mer nous rendraient bien service. Quel gaspillage !

— Désolé, dis-je, je mesure l'étendue du problème. Je comprends mieux pourquoi je n'ai aperçu aucun cours d'eau, plan d'eau ou cascade. D'où vient donc l'eau que vous consommez ? Est-ce de l'eau douce que vos vaisseaux vont chercher sur la Terre.

— Heureusement que non ! Nous serions morts de soif bien avant que nos vaisseaux fussent revenus de leur lointain voyage : vingt ans en moyenne. Nos scientifiques ont réussi à mettre en place un dispositif pour recueillir l'hydrogène et l'oxygène, abondants dans l'atmosphère de *Murzim*. La chimie fait le reste. Ce n'est pas moi qui vais vous apprendre qu'en associant deux atomes d'hydrogène (H_2) et un atome d'oxygène (O), on produit de l'eau (H_2O). Ces deux gaz vitaux pour notre survie arrivent jusqu'ici grâce à un système d'aspiration invisible, particulièrement ingénieux.

— Cette précieuse eau, je suppose qu'elle est rationnée.

— Pas spécialement. Rassure-toi, nous buvons à notre soif et nous avons droit à deux douches par jour. L'exploitation de cette source ne pose aucun problème à nos techniciens. Tant qu'il y aura de l'hydrogène et de l'oxygène à profusion dans le voisinage de Proxima du Centaure, nous n'avons pas à nous inquiéter.

— Mais j'y pense. N'est-ce pas cette absence d'eau qui explique le mystère de *La Ville Morte* ?

— Pas que je sache. Nos savants se sont penchés sur cette énigme et n'ont trouvé aucune corrélation. Ils ont en effet réussi à prouver que l'eau existait au moment de l'effondrement de *La Ville morte*. Si cette civilisation a disparu, c'est donc pour une autre raison.

— Si ce n'est pas de l'eau que vos vaisseaux vont chercher sur la Terre, qu'est-ce alors ?

— Tous les vingt ans, une expédition est organisée en direction de *Pomum* (nom donné par les Horusiens à la Terre) pour aller chercher un matériau qui n'existe pas sur Horus ni sur les planètes environnantes. Quelque chose de précieux, indispensable à nos industries.

— De quoi s'agit-il ?

— Quelque chose qui se trouve en abondance sur ta planète.

— Si tu veux parler de l'or, c'est un métal précieux sans doute et peut-être existe-t-il en grande quantité dans certains pays. En tout cas il n'est pas à la portée du premier venu car il coûte fort cher.

— Ce n'est pas de l'or dont il s'agit. Je veux parler d'un matériau très répandu sur la Terre et qui justement est à la portée de tout le monde.

— Attends, laisse-moi deviner. S'agit-il du platine ?

— Non.

— De l'argent ?

— Non !

— Du rhodium ? De l'osmium ? Du palladium ? Du Ruthénium ?

— Non, non et non !

— S'agit-il alors du zirconium ? Du tantale ? Du titane ?

— C'est encore non ! D'ailleurs ce n'est pas un métal. Ce matériau, nous l'appelons ZW et il est si abondant sur votre Terre qu'il suffit de se pencher pour en ramasser de grandes pelletées.

— Un matériau précieux que les humains dédaigneraient par ignorance… et qui ne représente pas grand-chose pour eux. ZW ne signifie rien pour moi, mais peut-être me sera-t-il donné l'occasion de voir un échantillon de ce produit ?

— Un peu de patience.

— Pourquoi restez-vous sur une planète qui est incapable de satisfaire vos besoins vitaux ?

— J'admets que le manque d'eau est un sérieux handicap. Par bonheur, nous avons réussi à organiser notre survie grâce à nos importations. Là où ça coince, c'est au niveau des activités nautiques : la baignade, la navigation de plaisance nous sont interdites. Tout au plus possédons-nous quelques jets d'eau pour nous donner une illusion de fraîcheur, d'abondance et de vitalité. Quant à la nourriture, elle n'est pas un problème pour nous dans la mesure où nous n'avons pas besoin de cultiver des légumes et des fruits. Pour autant, nous sommes heureux sur cette petite planète où nos ancêtres ont vécu paisiblement.

— Vous n'avez donc aucune idée des créatures qui peuplent les océans ou les lacs. Le mot poisson n'aurait-il aucun sens pour vous ?

— Nous n'en avons pas la moindre idée. Mais cela ne nous empêche pas de vivre heureux. Donc, pour répondre à ta question : nous sommes très attachés à notre bout de terre, quels que soient ses défauts, et pour rien au monde nous ne changerions notre planète pour une autre »

Après les troublantes révélations de Fati sur la faune et la flore horusiennes, je redécouvris sous un nouvel angle le parc qui occasionnellement accueillait les vaisseaux légers en provenance de l'espace. J'écarquillais les yeux et tendais l'oreille afin de discerner la raideur d'automate qui viendrait confirmer les propos de mon camarade extra-terrestre. Mais à aucun moment le caractère naturel des créatures animées ne put être pris en défaut. Non, je ne pouvais me résoudre à croire que tout cela était artificiel : ni les minuscules colibris qui faisaient du surplace en agitant frénétiquement leurs ailes, ni les espèces de perruches haut perchées, au ventre bleu métallisé qui nous examinaient avec ironie, ni les ramiers dandinants qui s'enfuyaient à notre approche, et encore moins les papillons aux couleurs criardes qui voltigeaient avec une légèreté déconcertante ; pas plus que les abeilles qui s'attardaient à butiner les fleurs merveilleusement épanouies avant de virevolter vers de probables ruches. Quant aux fruits qui courbaient les branches des arbres, il n'y avait rien de plus affriolant et on aurait croqué dedans bien volontiers. Jusqu'à cette herbe rase, si fine et si douce, qui contribuait elle aussi à renforcer cette impression générale de paradis extra-terrestre.

— Tu doutes encore ! s'exclama Fati avec un air de chien battu.

— Je ne demande qu'à te croire, dis-je, mais pardonne-moi, j'ai des raisons d'être dubitatif. Ecoute, il y a un moyen très simple de prouver que tu dis la vérité : il suffirait que je tienne dans la main l'une de ces créatures pour l'observer à ma guise.

— Tu me demandes de capturer l'un de ces animaux ? Mais c'est impossible ! Ça se voit que tu ne connais pas nos lois. D'abord il est interdit de toucher à aucune de ces créatures, sous peine d'amende et de prison. Ensuite, chacune de ces créatures, de la plus minuscule fourmi au plus gros glyptodon est équipée de moyens d'auto-défense destinés à les protéger contre les actes de vandalisme. Méfiance donc : certaines réactions peuvent être mortelles. »

Je me retins de ne pas transgresser la loi. Pour s'éviter toute blessure corporelle, je pensais naïvement qu'il suffisait de s'armer d'un long bâton. Dans ce cas, la contre-attaque serait dirigée contre cet intermédiaire, et non contre l'auteur du délit ; c'est le bâton qui risquait d'être criblé de balles, d'être atteint par un tir de mini-missile ou de recevoir un jet d'acide… Mais il fallait tenir compte aussi d'une autre menace, bien plus réelle et dissuasive, surtout pour un étranger : les yeux fureteurs de *Big brother,* omniprésent, qui veillaient sur tout, tout le temps et en tout lieu.

Le lendemain, après une nuit absolument fantastique, durant laquelle je pus me régénérer grâce à une bonne dose de sommeil paradoxal, bercé par une sublime musique cosmique interprétée par un quatuor de cordes brillantissime, tout en assimilant en douceur un traité de huit cent pages de littérature horusienne, Fati et Trama m'emmenèrent au cosmodrome où avait atterri l'immense vaisseau spatial, revenu depuis peu de la Terre avec son précieux chargement. A ma demande, nous prîmes place non dans la *libellule* qui avait conduit mes guides et moi à *La Ville Morte,* mais dans une de ces calèches indolentes destinées aux voyageurs peu pressés. La *Ligorie* de service nous accueillit avec un aimable sourire à faire fondre le plus bourru des hommes et devina comme prévu nos intentions. «

Installez-vous confortablement, nous y serons dans quinze minutes », précisa-t-elle.

L'imposant engin était là, posé sur ses quatre pieds, comme une marmite d'autrefois, docile comme un cachalot échoué sur une grève après un cyclone tropical. Son chargement avait été transféré la veille, non loin de là, dans un entrepôt truffé de caméras et surveillé par des gardes armés. En nous apercevant, l'un d'eux nous fit signe de nous approcher. Ils savaient les raisons de notre présence ; ils avaient reçu des ordres pour faciliter les allées et venues de l'Etranger. Le matériau tant convoité, venu de si loin, était entassé dans des caisses rectangulaires en bois reconstitué de 100 cm x par 60 cm x par 50 cm. Je m'approchai des caisses avec précaution, tremblant d'émotion ; ce matériau était peut-être radio-actif : qui ne connaît les dangers de l'uranium ? Mais, ce n'était que du... sable noir. Ce sable, petit-fils du basalte broyé par l'érosion, lui-même enfant du Piton de La Fournaise, si commun dans nos rivières et sur nos plages. A cette vue, des souvenirs resurgirent de mon passé avec la netteté d'un tableau de Michel-Ange : les courses éperdues entre gamins sur la grande dune de sable noir que l'océan Indien avait déposée au pied de la falaise, les sauts périlleux, les roulés-boulés effrénés. Et surtout une énigme qui avait longtemps hanté nos esprits : un jour des grands trous bizarres, inexplicables à nos yeux, étaient apparus à la surface de la dune, comme si un géant y avait pioché de grosses louches de sable. Etaient-ce des extra-terrestres qui étaient venus s'approvisionner en sable noir ?

C'était donc cela le fameux ZW, si précieux aux yeux des Horusiens ! Du vulgaire sable noir...

La compagnie de Fati et Trama était enrichissante à maints égards. Grâce eux, des détails intéressants m'étaient dévoilés progressivement. Les caméras omniprésentes, les créatures factices équipées pour se défendre contre de supposés vandales, les gardes armés qui protégeaient la précieuse cargaison de ZW. Est-ce à dire que les habitants d'Horus n'étaient pas aussi parfaits qu'ils en avaient l'air ? Ce n'était donc pas seulement sur la Terre que des individus aux motivations douteuses pouvaient accomplir des actes gratuits et s'en prendre aux biens publics, tels que casser des lampadaires ou des abribus, mettre le feu à des poubelles rien que pour le plaisir de caillasser des pompiers, s'en prendre à des policiers qui ont pour mission de protéger les citoyens, détruire des œuvres-d'art inoffensives postées à des carrefours, saccager le matériel pédagogique des écoles et chier dans les salles de classes, etc.

— Alors ? demanda Fati.

— Alors quoi ?

— Ce ZW, n'est-ce pas qu'il est beau ?

—Beau, vraiment ? N'es-tu pas en train de confondre Utile et Agréable ? Sais-tu que ce matériau est si répandu chez nous que personne n'y prête attention. En fait, les seules personnes à s'intéresser au sable sont les maçons qui l'associent à du ciment pour en faire des bâtiments, des ponts, des tunnels. Je ne sais pas ce que vous lui trouvez, mais chez nous il ne coûte pas cher et il ne viendrait à personne l'idée de le stocker comme un bien précieux.

En dépit de mon intense curiosité, on ne brisa pas pour moi le secret d'Etat et je ne pus jamais savoir à quel usage sophistiqué était destiné ce sable banal, ce ZW. Quelle perte pour l'humanité ! Je quittai l'entrepôt, songeur. Si du vulgaire sable noir provenant de blocs de basalte roulés et émiettés par les eaux, était à ce point précieux sur Horus, à l'inverse, il pouvait exister ici ou sur une planète voisine, un matériau sans intérêt pour les extra-terrestres mais très convoité par les humains. La revue *Science et Avenir* avait bien titré un de ses articles « *Il pleut des diamants au cœur de Neptune* ». Le site faisait état d'un diamant de la taille de La Terre, mais aussi d'*une pluie de diamants qui arrosent le noyau de certaines géantes gazeuses* et encore de *mers d'hydrocarbures parsemées d'icebergs en diamants*. Dire qu'un seul petit fragment suffirait pour changer ma vie, si j'avais la chance de regagner la Terre ! Je résolus de mieux examiner désormais le sol d'Horus pendant mes pérégrinations. Depuis mon arrivée, je marchais probablement sans le savoir sur des monceaux de diamants ou d'émeraudes. Qui sait si certains habitants d'Horus ne tapissaient pas le sol de leurs allées avec des saphirs et des rubis comme nous faisons chez nous avec du gravier ?

11

Salle des débats. Audition 5

« Vous avez mentionné plus haut le chiffre hallucinant de 139 millions de naissances qui viennent s'ajouter chaque année à la population terrestre. Nous supposons que pendant ce temps, il y a des gens qui disparaissent de la surface terrestre. Sinon, comment feriez-vous pour caser tout ce monde ?

— Effectivement, les naissances et les décès alternent : 59 millions d'individus meurent annuellement. Comme le nombre de décès est largement inférieur à celui des naissances, la population mondiale grossit inexorablement jour après jour. Si l'on tient compte de l'évolution démographique actuelle, la population s'élèvera en 2050 à 8 milliards d'individus. Je vous laisse imaginer tous les problèmes qui se poseront.

— Oui, pas la peine de faire un dessin. Surpopulation, urbanisation à outrance, crises économiques, crises alimentaires, pollution, tensions sociales, conflits ethniques et religieux, tensions internationales…

— Et bien sûr les migrations massives des pays du Sud vers les pays du Nord, réputés plus accueillants, du moins économiquement.

— Qu'est-ce qu'ils attendent vos dirigeants pour prendre des mesures radicales contre la natalité galopante qui, apparemment, est la source de nombreux problèmes ? Raisonnablement, on ne peut pas se fier seulement à la nature, continuer de copuler à tout va, faire des enfants à la chaîne, sans prêter attention aux conséquences.

— Mission impossible ! Il faudrait d'abord que les gouvernants de toutes les nations s'entendent, ce qui est loin d'être le cas. Si tous les pays appliquaient la même politique que la Chine en matière de natalité, soit un enfant ou deux par couple, ce serait un début de solution, je suppose. Mais il faut être prudent, car même cette option possède ses inconvénients.

— Quant à nous, nous avons réglé ce problème une fois pour toutes. Chez nous, comme nous l'avons déjà dit, les couples ne font pas des enfants comme ils l'entendent. Tant pis pour les libertés individuelles ! Nous n'avons pas le choix, notre survie nous impose d'adopter une politique démographique rigoureuse. Nous nous arrangeons donc pour que la population d'Horus reste stable. Lorsque deux individus quittent notre monde, deux enfants surgissent. C'est aussi simple que cela : - 2 + 2 = 0. Parfois, si cela devient nécessaire, nous assouplissons les règles, mais ce n'est jamais pour longtemps. Nos pères en ont décidé ainsi et nous continuerons d'appliquer cette politique aussi longtemps que nous existerons. Mais reprenons le fil de notre conversation. Vous parliez de la mort, justement de quoi meurent principalement les gens sur la Terre ?

— De prime abord, ce qui me vient à l'esprit ce sont les guerres, les accidents divers, les maladies, les catastrophes naturelles, les homicides…

— Vous n'allez tout de même pas croire que nous allons nous satisfaire de cette sèche énumération ! Il nous faut des explications détaillées et des exemples. »

Je ne pus retenir un soupir. Encore une fois, j'allais devoir me coltiner une tâche considérable. Je m'exécutai sans conviction.

« Bon, commençons par les guerres. Vous savez c'est quoi une guerre au moins ?

— Nous n'en avons qu'une vague idée. Les guerres ont existé chez nous dans un passé lointain. Il faudrait croire que la sagesse a fini par triompher. Nos ancêtres mentionnent, dans les archives qu'ils ont laissées et que chacun peut consulter, des guerres avec des envahisseurs venus d'une autre planète. Subitement, et pour des raisons inconnues, ces envahisseurs auraient cessé de venir les importuner et personne n'aurait plus jamais entendu parler d'eux. Les ancêtres avancent deux hypothèses : soit les assaillants ont eu peur d'être anéantis par des ennemis plus forts qu'eux, soit leur civilisation a disparu. Nous restons tout de même sur nos gardes, nos télescopes géants et nos radars scrutent le ciel en permanence pour le cas où. Les seuls corps volants étrangers que nous observons parfois dans le ciel sont ces objets bizarres, sans passagers, inoffensifs, provenant de la Terre. Ils arrivent jusqu'à nous à bout de souffle et finissent par sombrer d'eux-mêmes.

— Il doit s'agir de ces sondes envoyées par des scientifiques pour étudier le sol et l'atmosphère de certaines planètes ; elles finissent inévitablement leurs jours dans l'espace, faute de pouvoir effectuer le trajet retour. Depuis le début de la conquête spatiale, les hommes ont envoyé des centaines d'objets vers le Soleil, Mercure, Vénus, la Lune, Mars, Jupiter, Saturne, Uranus, Neptune, etc. Certaines missions réussissent, d'autres échouent. Toutes les grandes puissances envoient régulièrement des sondes dans l'espace. Celles-ci ont pour noms Pioneer, Helios, Messenger, Spoutnik, Galileo, Voyager, etc.

— Il n'y a pas de quoi être fier. Que de saletés dans notre ciel ! Les Terriens devraient faire attention avec leurs expériences. Ils sont en train de transformer l'espace en poubelle. C'est laid et c'est dangereux pour la circulation. Un jour ils auront à rendre des comptes…

— Revenons aux guerres, si vous voulez bien. Pendant que je vous parle, une guerre est en cours dans un pays du Moyen Orient qui s'appelle la Syrie. C'est une guerre civile dans laquelle s'affrontent deux camps : d'un côté les partisans du président en exercice, de l'autre ses ennemis. Les deux guerres les plus terribles que le monde ait connues, en raison du nombre de pays impliqués et des pertes humaines, sont la Première et la Seconde guerres mondiales : dix-huit millions et six cent mille morts pour la première, soixante millions pour la seconde.

— Pour quelles raisons les guerres éclatent-elles en général ?

— Certains motifs sont évidents. Par exemple, lorsqu'un pays attaque un autre pour agrandir son propre territoire, lui voler ses richesses et réduire son peuple en esclavage. Certaines raisons sont beaucoup plus difficiles à cerner. Ainsi, pour la première guerre mondiale, il y aurait une cause immédiate, l'assassinat de l'archiduc Frantz Ferdinand, héritier du trône d'Autriche, qui en fait n'est qu'un prétexte. Ensuite on distingue des causes profondes plus complexes : le jeu des alliances qui a entraîné un grand nombre de pays dans la guerre, la volonté de revanche du peuple français, la situation particulièrement explosive dans cette partie du monde qu'on nomme les Balkans, la montée des nationalismes, les rivalités coloniales, etc.

— A cause de ces mésententes, il y a eu dix-huit millions de morts, dites-vous ? C'est affreux !

— Je ne vous le fais pas dire. Et encore je n'ai pas parlé des dégâts collatéraux, des villes détruites, des économies dévastées, des populations déplacées.

— Comment ces guerres se terminent-elles en général ?

— Toute guerre se termine par une victoire et une défaite. Le vaincu reconnaît son infériorité et présente sa reddition : c'est la phase nommée capitulation. Ensuite les adversaires s'asseyent autour d'une table et engagent des négociations. Celles-ci aboutissent à un traité de paix qui se traduit normalement par un dédommagement financier et une modification des frontières au profit du vainqueur. Il arrive que les vainqueurs et les vaincus se réconcilient ensuite et deviennent des amis.

— Parmi les causes de décès, vous avez mentionné les accidents, de quoi s'agit-il ?

— Mon Dieu, des accidents il y en tous les jours et dans tous les domaines. Les plus spectaculaires concernent les moyens de transport routiers, ferroviaires, aériens, maritimes. Un nombre considérable de gens meurent sur la route chaque jour dans des accidents de voiture.

— Comment ça se fait ?

— Les causes sont multiples. Certains accidents sont imputables à des défaillances techniques, par exemple lorsqu'il y a rupture d'une pièce importante ou que les freins ne répondent plus sur un véhicule, ce qui est assez rare. La plupart des accidents se produisent par la faute de l'homme. Soit il conduit sous l'emprise de l'alcool, soit il va trop vite, soit il ne respecte pas le code de la route. En fait, beaucoup d'accidents sont dus à une perte de contrôle et pourraient être évités si l'homme se montrait plus raisonnable.

— Et on ne peut pas le contraindre à être plus raisonnable ?

— Certes, des sanctions sont prévues pour ceux qui ne respectent pas les règles en vigueur, mais il est difficile de prendre les fautifs sur le fait. Comme on dit chez nous, on ne peut pas mettre un gendarme derrière chaque automobiliste.

— Il doit bien y avoir un moyen !

— Peut-être en installant des caméras partout comme vous le faites chez vous et en se montrant beaucoup plus sévère à l'égard des contrevenants. Je crains que les Terriens ne disposent pas encore de la maîtrise technologique nécessaire pour couvrir avec précision l'ensemble des territoires et épier chaque automobiliste, un jour peut-être. En attendant c'est compliqué et carrément impossible de contrôler cette jungle routière où se côtoient toutes les sortes d'individus que le monde peut engendrer. Comment faire la différence entre le bon citoyen conscient de ses devoirs, appliqué à respecter scrupuleusement les règles, du détraqué avide de sensations fortes pour qui la route est un terrain de jeux ? Comment distinguer l'automobiliste sain de corps et d'esprit qui maîtrise sa conduite de l'ivrogne et du drogué qui peuvent perdre le contrôle de leur véhicule à tout moment ? Enfin, comment faire la différence entre l'honnête père de famille prudent au volant, respectueux de la vie, et le voyou pour lequel la vie des autres n'a pas d'importance ? Et je n'ai pas encore parlé des malaises au volant - fatigue, endormissement, crise cardiaque - qui apportent eux aussi leur lot de calamités.

— Bon, il y encore du travail à faire. Lors de nos incursions dans l'atmosphère terrestre, il nous arrive d'observer avec amusement ce qui se passe sur vos routes. Des automobiles qui roulent, roulent incessamment dans toutes les directions, se croisent, se suivent à la queue-leu-leu, de longues files de véhicules immobilisés.

— Ah oui, les fameux embouteillages ! Quelle poisse ! Toutes les villes subissent ce désagrément. C'est lamentable. Que de temps perdu, de carburant gaspillé, de pollution !

— Franchement, vous faites pitié avec vos petits bolides. D'en haut nous avons l'impression d'assister à un dessin animé. Ça avance par saccades, ça s'arrête, ça repart, ça s'entrechoque, comme si c'était un jeu.

— Puis il y a les accidents domestiques qui peuvent surprendre un enfant, une mère de famille dans sa maison. Glisser dans sa baignoire ou avaler un aliment de travers entraînent parfois des conséquences fatales. Dramatiques aussi sont ces accidents du travail qui frappent des ouvriers en pleine activité sur leurs chantiers. Malheureusement pour nous, nous devons nous attendre à ce que le malheur s'abatte n'importe où, à tout moment.

— Parlez-nous des maladies.

— Certaines affectent des enfants dès leur naissance - pauvres petits êtres innocents porteurs d'un handicap aussitôt qu'ils sourient à la vie. D'autres maladies sont causées par de minuscules organismes invisibles à l'œil nu mais néanmoins redoutables, les bactéries et les virus, qui se propagent d'un individu à l'autre, et qui déciment parfois des populations entières, en cas d'épidémies. Ainsi, la peste, le choléra et autres saloperies se font oublier au sein d'une population donnée durant des mois, puis se réveillent brutalement et répandent la terreur. Puis ces maladies qui apparaissent au fur et à mesure que l'homme vieillit et que ses organes se fatiguent, de façon d'autant plus grave que son alimentation n'est pas équilibrée. Lorsque le cœur, le foie, les reins, les poumons, par exemple, n'assurent plus correctement leurs fonctions, c'est la dégringolade.

— Chez nous la maladie n'est plus un souci. Ici, tout se soigne et se guérit, vraisemblablement parce que nous avons pour principe de traiter chaque problème à la source. Notre devise est : « Prévenir plutôt que guérir ». L'immunité, vous savez ce que c'est… Tous les citoyens d'Horus sont immunisés contre n'importe quelle menace sanitaire. Il semble que les Terriens aient l'habitude de traiter principalement les conséquences des maladies, ce qui les entraîne dans des spirales infernales. C'est mieux que rien, mais cela ne suffit pas pour éradiquer un mal. Nous, au contraire, nous avons pour règle de traiter le mal à la racine, c'est-à-dire d'éliminer systématiquement les causes des maladies. Pas de microbes, donc pas de maladies infectieuses. Pas de vieillissement, donc pas d'organe qui s'use, et pas de dysfonctionnement. Pas d'aliment dangereux, donc pas de risque d'intoxication. Si vous voulez, nous ferons un bilan de votre état de santé, et vous ferons bénéficier de nos progrès, en corrigeant ce qui ne va pas chez vous ; ainsi vous retournerez sur la Terre, neuf comme un bébé.

— C'est très gentil de votre part. A condition qu'on ne touche pas à mon intégrité physique.

— Nous verrons ensemble ce qu'il y a de mieux pour vous… Parmi les causes principales de décès, vous évoquiez les catastrophes naturelles.

— Oui, dis-je, frémissant à la pensée de ce que les médecins d'Horus me réservaient. Beaucoup de malheurs arrivent par la faute des hommes, mais il arrive aussi que la nature se fâche et apporte son lot de désastres. Tremblements de terre, volcans, ouragans, tsunamis, inondations, détruisent les habitations et sèment la mort sur leur passage. Imaginez une plage tranquille bordée d'hôtels « les pieds dans l'eau » au milieu des cocotiers ; des touristes se prélassent au soleil ; des serveurs se déplacent d'un groupe à l'autre avec leur plateau de boissons fraîches ; tout à coup une vague énorme, haute comme un immeuble fonce vers le rivage et balaie tout sur son passage. Voilà le terrible tsunami.

— Nous voici arrivés au terme de notre débat. Bravo pour votre exposé.

— Fati et Trama qui m'attendaient à la sortie, au lieu de me presser de questions comme à leur habitude, m'emmenèrent directement chez des amis à eux, sûrs qu'une soirée chez l'habitant n'était pas pour me déplaire.

12

Après une marche sportive de 20 minutes, nous arrivâmes chez Couli et Pharma à la tombée de la nuit. Leur demeure aux formes peu conventionnelles était entourée d'un petit jardin, riant de luxuriance et de vitalité. Perché sur un arbre en forme de parasol, un écureuil qui tenait entre ses pattes un fruit semblable à une châtaigne nous dévisagea avec étonnement. Une colombe d'un blanc immaculé vint se poser à nos pieds et se mit à picorer frénétiquement le sol. Attirant tous les regards, un cardinal d'un rouge vif entonna une mélodie stridente. Evidemment, tous ces intervenants étaient des créatures artificielles.

Le chef de famille, basculant sa tête vers le haut pour mieux me voir, s'inclina légèrement en signe de politesse, ce à quoi je répondis pareillement en y ajoutant un sourire, ce qui parut le surprendre. Son épouse me tendit sa frêle main bleuâtre sur laquelle je déposai un baiser. L'autre membre de la famille était un garçonnet au crâne luisant qui pouvait avoir 6 ou 7 ans et une fillette de douze ans environ, chauve également. L'homme, sans doute mis dans la confidence par Fati, s'excusa par avance de nous accueillir moins chaleureusement qu'il l'aurait souhaité.

— Désolé de ne point vous recevoir à souper, dit-il d'un ton cérémonieux ; les Horusiens ont perdu le sens de l'hospitalité depuis que les salles de *sustentation* existent. Les autorités ont décidé que la santé passait avant la convivialité. Le simple citoyen n'a pas son mot à dire, ajouta-t-il d'un air lourd de sous-entendus.

— Ne vous en faites pas, je connais vos coutumes.

A défaut d'un repas convivial, mes hôtes m'emmenèrent sur une terrasse où était installé un télescope dernière génération. Invité à y coller mon œil, je remarquai immédiatement qu'il était pointé sur La Terre.

— Merci pour cette délicatesse, dis-je avec une voix tremblante d'émotion, merci de m'offrir cette vue réconfortante. Rien ne pouvait me faire davantage plaisir.

— Oh, c'est juste une petite compensation.

— Regardez-vous souvent La Terre ? demandai-je.

— Oui, nos yeux sont tournés très souvent vers *Pomum*, car pour nous, c'est la plus belle planète, elle offre tellement de paysages variés avec ses immenses espaces bleus, verts, jaunes et blancs. De plus, les habitants sont tellement actifs qu'il s'y passe toujours quelque chose. Enfin, nous nous intéressons de près aux changements qui modifient son aspect d'année en année.

— Que voulez-vous dire par changements ?

— D'après ce qu'on peut observer visuellement, les taches jaunes s'agrandissent, tandis que les vertes et les blanches s'amenuisent d'année en année.

— Je vois, dis-je, après une courte réflexion. Je suppose que ces changements sont provoqués par les activités humaines. La couleur verte est celle des forêts ; les hommes détruisent les forêts pour y construire des champs, des maisons, des routes, des usines. Le jaune correspond au sable ; les déserts gagnent du terrain d'année en année. Enfin, la couleur blanche est celle de la glace et de la neige ; la pollution industrielle provoque des changements climatiques, cause de la fonte progressive des glaciers et de la banquise qui disparaissent peu à peu.

— Les hommes feraient bien de se montrer plus prudents, certains changements sont irrémédiables. Voyez par exemple ce gigantesque trou dans la couche d'ozone. S'il continue à se développer à ce rythme, dans 50 ans, vous aurez de sérieux problèmes avec les UV. Je n'en dis pas plus.

La conversation porta ensuite sur le temps qui passe, l'âge, le vieillissement.

La vie s'écoulait à un rythme extraordinairement lent sur Horus. Un homme ne mourait pas avant d'avoir atteint au moins 200 ans et il fallait attendre cet événement pour qu'une naissance soit autorisée. C'est dire s'il fallait s'armer de patience. Aussi, les différentes étapes de la vie s'étiraient sur des périodes très longues. On était bébé jusqu'à 10 ans, adolescent jusqu'à 30 ans, et ainsi de suite.

Pendant que j'écoutais religieusement les confidences du chef de famille Couly, commentées et approuvées par la discrète Pharma, les turbulents enfants jouaient à des jeux terriblement dangereux : couinant comme des animaux sauvages, ils se poursuivaient en courant sur les murs et les plafonds, tête en bas, ainsi que des margouillats. Comment leurs pieds trouvaient-ils le moyen d'adhérer à ces surfaces lisses ? Mystère. Au risque de passer pour un mal élevé, je ne détachais pas les yeux de ce spectacle de cirque, intrigué par tant d'agilité et agacé devant le silence des parents.

Nous quittâmes Couly et Pharma, avec la promesse mutuelle de futurs échanges encore plus fructueux.

« Ce n'est pas pour te forcer la main, me chuchota Fati, d'une voix confidentielle, une fois la maison de nos hôtes hors de vue, mais à ta place je me rendrais sans tarder à la *Salle des soins* où t'attendent nos spécialistes. Il serait maladroit de refuser ce cadeau des autorités. Tu te rends compte ! C'est l'occasion unique de t'offrir un bilan de santé complet, réalisé avec l'arsenal technique dernier cri et les meilleurs praticiens qui existent sur Horus. Et tout cela, gratuitement. Cela ne se refuse pas ! Tu n'auras pas de seconde chance, c'est maintenant ou jamais. Peut-être ne le sais-tu pas, mais l'idée de ton retour sur ta planète fait son chemin.

— Je te remercie pour ton avis qui, je n'en doute pas, est sincère. Mais j'ai bien peur que ce soit un cadeau empoisonné. Quelles garanties puis-je espérer ? Ma crainte est d'être transformé physiquement, de manière irréversible, ça tu peux le comprendre ! Si je parviens à retourner sur La Terre, ce n'est pas une très bonne idée de me présenter complètement transformé ; personne ne me reconnaîtra.

— Les médecins ne feront rien qui ne soit contraire à ta volonté. Ils te soumettront quelques propositions, mais c'est toi qui auras le dernier mot.

— En tout cas, je compte sur vous, les seuls amis que j'ai sur Horus, pour me soutenir.

13

Les encouragements de Fati et Trama ne me rassuraient qu'à moitié, et c'est le cœur battant que je pénétrai dans la *Salle des soins*, l'équivalent d'un bloc opératoire ultra-moderne, illuminé comme un palais des Mille et Une Nuits, aseptisé à souhait. L'équipe médicale, souriante, disponible, m'attendait, conformément aux instructions qu'elle avait reçues. Je ne pus échapper à un questionnaire serré comme celui que le service des urgences fait subir aux patients conscients qui se présentent chez eux. C'était bien la première fois que l'on me prenait en charge dans un hôpital, sans me demander pièce d'identité ni carte vitale.

Je n'étais pas dupe sur le sort qui m'attendait. Ce n'était certainement pas sans arrière-pensée qu'un bilan médical gratuit m'était offert. Derrière les excellentes intentions affichées se cachait sans doute la curiosité inquisitrice — légitime tant que mon intégrité n'était pas menacée — d'étudier en détail mon anatomie pour savoir comment un Terrien était fait. Pouvais-je les blâmer ? En un sens, j'étais un privilégié et j'aurais eu mauvaise grâce à m'opposer à une quelconque intervention sur ma personne, d'autant plus que les Horusiens auraient pu tout aussi bien se passer de mon avis, c'est-à-dire utiliser la force pour parvenir à leurs fins. Un extra-terrestre qui tomberait entre les mains de nos scientifiques, aurait-t-il plus de chances que moi d'échapper à ce genre de tracasseries ?

Le questionnement terminé, on me fit entrer en position couchée et entièrement nu — sans se priver au passage de jeter un coup d'œil discret néanmoins appuyé sur mon anatomie masculine —, dans un caisson cylindrique, semblable à celui utilisé chez nous pour les IRM. Cette phase, me dit-on, avait une double fonction : d'une part, me débarrasser de tous les parasites encombrant à mon insu l'intérieur et l'extérieur de mon organisme, d'autre part, examiner à fond tous mes organes à l'exception du cerveau qui faisait l'objet d'un traitement à part, de manière à déceler la moindre anomalie. Grâce aux appareils ultra perfectionnés chargés de sonder ma chair et d'analyser les données recueillies, les résultats furent disponibles sur-le-champ. A ma grande surprise, il n'y avait pas grand-chose qui allait bien chez moi, ainsi que me le détailla le chef de centre :

- Inflammation de l'estomac par Helicobacter pilori ;

- Diminution anormale de la concentration d'hémoglobine dans le sang ; taux de mauvais cholestérol trop élevé ;

- Nombreux polypes intestinaux ;

- Insuffisance rénale chronique ;

- Kystes au foie…

« Voulez-vous que nos robots interviennent tout de suite pour corriger ces anomalies ?

— Est-ce que je vais souffrir ?

— Pas du tout ! Tout sera fait séance tenante, sans douleur et vous ne garderez aucune séquelle.

— Ah, vraiment ? Allez-y alors. »

Les robots se mirent au travail illico et trente minutes plus tard, j'étais remis à neuf. Je n'en croyais ni mes yeux ni mes oreilles. Je ne fus pas long à percevoir une intense sensation de bien-être, conséquence tangible des modifications physiologiques qui venaient de s'opérer en moi. Des organes en parfait état de fonctionnement grâce à une meilleure assimilation des substances nutritives et une meilleure oxygénation, me donnèrent un coup de fouet immédiat. Combien de démarches, de médecins, d'analyses et de temps m'aurait-il fallu sur la Terre pour obtenir ne serait-ce que le dixième de ces résultats, de surcroît en mettant une main généreuse au porte-monnaie ?

Je fus réveillé de ma torpeur par une voix bienveillante mais ferme :

« Est-ce que nous passons à la suite ? »

Enthousiasmé par ce début de réussite, je répondis sans hésitation par un oui étonnamment sonore.

« C'est un peu plus long pour le cerveau, mais rassurez-vous, nos techniques sont au point. Nous vous proposons la même stratégie que précédemment en deux étapes : 1. Examen clinique, 2. Correction. Si vous êtes d'accord bien entendu ! »

Je n'avais pas de raison valable de refuser. Aussitôt que j'eus donné mon assentiment, on s'empara de mon cerveau, avec avidité ; mon nouveau destin était en marche.

Je ne suis pas neurologue et je ne prétends pas avoir les compétences nécessaires pour décrire avec précision les appareils et les méthodes sophistiqués qui furent utilisés pour explorer mon cerveau. Disons simplement qu'il fut soumis à une tomographie à émission de positons, à l'aide d'une combinaison d'instruments classiques - répandus sur La Terre mais nettement améliorés - d'imageries radiologiques, de scanner et d'I.R.M. associés à un accélérateur de particules. Pour ce faire, on m'injecta une certaine quantité de molécules radioactives qui, une fois fixées dans certaines zones de mon cerveau, émirent des positons.

Quand ce fut terminé, le chef de centre s'adressa à moi, d'un air franchement satisfait :

« Eh bien, *Monsieur*, comme vous dites chez vous, avez-vous le sentiment d'être en bonne santé, du point de vue cérébral ?

— Je n'ai pas à me plaindre. J'ai parfois mal à la tête, mais je n'ai jamais de migraines.

— En réalité, j'ai bien peur d'avoir devant moi l'illustration parfaite du « malade qui s'ignore ». La pathologie du cerveau ne se résume pas à des migraines, cher Monsieur. N'êtes-vous pas confronté quelquefois à des troubles de la mémoire, à des difficultés d'élocution ? N'avez-vous jamais éprouvé des problèmes d'équilibre, des sensations de vertige, des difficultés de concentration ? Ne souffrez-vous pas d'insomnies ?

— A vrai dire... en cherchant bien... Je suis un homme distrait. Par exemple, je n'arrive pas à suivre le discours d'un homme politique ni le sermon d'un curé jusqu'au bout. Il m'arrive également d'avoir la mémoire défaillante. Voici une expérience que j'ai vécue récemment. « Je décide d'aller chercher à la réserve de mon sous-sol un rouleau de papier essuie-tout ; chemin faisant j'aperçois un marteau que j'ai oublié de ranger dans la boîte à outils, et je le remets à sa place ; dans la boîte à outils je vois un tournevis qui me rappelle que j'ai promis à ma femme de visser un écriteau sur la porte des WC ; je prends ce tournevis et continue mon chemin ; j'arrive dans le sous-sol et je me rends compte que mon épouse a oublié d'étendre sa lessive et qu'il faudra l'en informer. Finalement, je me retrouve au sous-sol avec un tournevis dans la main et je ne sais plus pourquoi je suis là. »

— Cela ne nous étonne pas, vu la multiplicité des anomalies que nous avons décelées dans votre cerveau. Votre récit confirme point par point notre diagnostic. Si rien n'est fait, je ne vous donne pas quatre ans pour ressentir les premiers troubles cognitifs sérieux. Voici la liste de vos anomalies cérébrales :

- Gaines de myéline endommagées ;

- Obstruction partielle de certains vaisseaux chargés de transporter le sang vers le cerveau, autrement dit risque imminent d'AVC ;

- Forte concentration de métaux lourds tels plomb, mercure, aluminium qui perturbent le fonctionnement général du cerveau ;

- Grand nombre de neurones abîmées entraînant une mauvaise interconnexion. Excès de cellules mortes.

— Mon Dieu ! m'écriai-je. Qu'est-ce qu'il faut faire ? Existe-t-il un traitement efficace contre tout cela ?

— Ne vous mettez pas dans cet état ! Nous avons sous la main tout ce qu'il faut pour réparer ces imperfections. Enfin, presque…

— Que voulez-vous dire par « presque ».

— Nous avons le pouvoir de rectifier immédiatement un certain nombre d'anomalies qui perturbent le fonctionnement de votre cerveau et vous empêchent de profiter pleinement de votre potentiel. Ces corrections vont améliorer votre concentration, votre mémoire, et vous éviteront des troubles du comportement. Nous effacerons vos rides. Nous vous rendrons la vue, l'ouïe et la vigueur que vous aviez à 20 ans. Malheureusement, nous ne pourrons pas faire grand-chose pour augmenter votre QI qui, soit dit en passant, est largement inférieur à notre moyenne nationale. Cependant, rassurez-vous, nous avons une excellente proposition à vous faire.

— Au point où j'en suis, je ne suis pas en mesure de faire le délicat.

— Eh bien, franchement, dans votre situation, au lieu d'effectuer chaque réparation que nous venons d'énumérer, point par point, nous vous proposons une solution globale beaucoup plus avantageuse : il s'agit de changer de tête, carrément. C'est de loin la meilleure solution, la plus rapide, la plus sûre.

— Ça se fait ça, changer de tête ?

— En matière de santé, chez nous rien n'est impossible !

— Ne vous moquez pas de moi, s'il vous plaît.

— Je vous assure que je suis tout à fait sérieux. Si voulez vraiment être un homme neuf, il n'y a pas de meilleur choix. Nous avons quelque chose qui doit vous convenir. En guise de dédommagement pour les désagréments que nous vous avons fait subir et pour prix de votre coopération, nous ne pourrions vous offrir meilleure compensation : une nouvelle tête. Justement, il y a une excellente opportunité à saisir, une bonne vieille tête de chez nous. Elle appartenait à l'un de nos grands scientifiques qui n'a pas voulu franchir le cap des deux cent cinquante ans. Elle est intacte et fonctionne parfaitement. Vous n'avez qu'un mot à dire, et cette tête sera greffée sur votre corps. »

Rien n'était plus tentant que de devenir un Einstein ! Mais ce privilège n'allait pas sans inconvénient. Qui me reconnaîtrait sur la Terre, parmi les gens que j'avais l'habitude de fréquenter ? Quel intérêt de devenir l'un des plus grands savants que La Terre ait engendrés si personne ne connaissait mon identité, si nul ne connaissait mes origines, ma personnalité, mon itinéraire personnel et professionnel ? Si toutes les épreuves que j'avais endurées, toutes les péripéties que j'avais traversées, les déceptions et les espoirs que j'avais conçus, avant de parvenir à la célébrité, demeuraient à jamais ignorés ? « *Trop peu d'honneur pour moi suivrait cette victoire* », disait le comte dans Le Cid, de Pierre Corneille.

Par ailleurs, si je devenais un génie, que ferais-je de mon intelligence ? Quelques perspectives séduisantes défilèrent rapidement devant mes yeux. Un grand peintre comme Picasso dont les toiles se vendent à plusieurs millions de dollars ? Un immense champion d'échecs comme Garry Kasparov ? Un musicien virtuose capable de transcender les foules, à la manière de Paganini ? Un chanteur auteur-compositeur de génie comme Charles Aznavour, Georges Brassens, Charles Trenet, Gilbert Bécaud, Michel Polnareff, Jean-Jacques Goldman, Francis Cabrel, Michel Berger, Maxime Leforestier, Pascal Obispo, Serge Gainsbourg et tant d'autres ? Je pourrais atteindre le sommet de l'art en rédigeant des poèmes subtils, en composant des mélodies sublimes, en peignant des toiles divines, en écrivant des bestsellers écrasants traduits dans toutes les langues, en réalisant des films culte, hissés au rang de chef-d'œuvre du cinéma. Etre lauréat du prix Nobel de littérature, de physique, de chimie, de physiologie ou de médecine, devenant ainsi un homme reconnu pour le bénéfice qu'il a apporté à l'humanité. Je pourrais aussi bien être un habile spéculateur en bourse, capable de faire et défaire les fortunes, au gré du cours des actions et de ma volonté.

Elu, grâce à mes compétences et à mes manœuvres hautement stratégiques, Président de la République, serais-je capable de faire admettre toutes mes idées aux sénateurs et aux députés ? De résorber le chômage, d'augmenter les salaires et les périodes de repos ; de plaire à tout le monde en même temps : aux ouvriers et au patronat ; aux défenseurs du mariage pour tous et à ses détracteurs ; aux partisans de l'aéroport de Notre-Dame des Landes et à ses opposants ; aux partisans du glyphosate et à ses adversaires ? Saurais-je mettre en œuvre des mesures efficaces contre le réchauffement climatique ? Pourrais-je faire disparaître l'ignorance et l'obscurantisme, les inégalités et la délinquance ? Faire en sorte qu'il n'y ait plus de grèves dans les services publics ? Qu'il n'y ait plus d'embouteillages sur les routes ? Pourrais-je arrêter les violences faites aux femmes ? Serais-je assez puissant pour enrayer le flux des migrations internationales ? Me serait-il possible, sur le plan diplomatique, de réconcilier définitivement les Palestiniens et les Israéliens ? Enfin, serais-je capable de faire échec au terrorisme ?

Cette proposition de changer de tête et par la même occasion de personnalité, aussi alléchante fût-elle, ne pouvait me convenir. Outre le fait de devenir un étranger, un inconnu, et un homme incompris de mes concitoyens, un autre obstacle — rédhibitoire à mes yeux — justifiait à lui seul mon refus : la laideur de cette tête m'était insupportable et je ne voulais surtout pas offrir ce spectacle pitoyable à mes frères humains. Imaginez un crâne pointu, de petits yeux obliques, une peau bleuâtre, un visage triangulaire, une face rigide incapable de sourire. Dans ces conditions, je préférais rester moi-même, avec quelques aménagements certes, c'est-à-dire un homme rajeuni intellectuellement et physiquement, grâce au sévère lifting opéré par les meilleurs techniciens d'Horus.

Loin de contrecarrer ma décision, les spécialistes d'Horus se mirent au travail immédiatement et s'employèrent avec un soin méticuleux à réparer de façon méthodique chacun de mes organes. Le foie, le cœur et les vaisseaux sanguins, les poumons, les reins, l'estomac, le pancréas, les intestins, la vésicule, la prostate visités et remis à neuf, ils s'attaquèrent à mes cellules nerveuses, grattant celle-ci, régénérant celle-là, besogne ô combien fastidieuse vu leur nombre colossal, mais que les divers robots exécutèrent avec brio. Je quittai la *Salle des Soins,* ragaillardi, tous mes sens aiguisés, ravi de retrouver le corps vigoureux de mes vingt ans. On ne m'avait pas trompé. Ces sensations de bonne santé et de force me conféraient un dynamisme et un appétit de vivre rarement éprouvés, très agréables du reste. Mais ce surcroît d'énergie avait aussi son inconvénient : ma libido me travaillait plus que jamais. Il y avait en moi un excès de sève qui bouillonnait et ne demandait qu'à jaillir comme un geyser dans le réceptacle approprié. En matière de réceptacle, le seul qui fût disponible sur cette terre d'Horus n'était, j'ai bien peur, pas à la hauteur de mes ambitions. Afin de m'adonner aux joies de l'amour, en me conformant aux habitudes de mes hôtes, je devais me contenter d'enfiler une combinaison et de me brancher à des électrodes. Où étaient la délicatesse, la poésie et la chaleur humaine dans tout cela ? Comme me manquait le fourreau parfaitement adapté à ma morphologie, chaud et humide, vivant, réactif, qui m'envoyait au septième ciel en deux temps trois mouvements !

14

Je n'avais plus grand-chose à découvrir dans La *Ville Saine*. A présent, il me tardait impérativement de visiter *La Ville Moderne*. On m'avait dit que personne n'accepterait de m'accompagner là-bas. Etait-ce la vérité ? Si oui, pourquoi ? Etait-ce effrayant ? Etait-ce dangereux ? Etait-ce à cause du bruit ou de la pollution ? Du désordre social et moral qui y régnait ? Je sollicitai en premier Fati et Trama mais ils se dérobèrent d'une façon pitoyable, faisant même de leur mieux pour me décourager. « Demande-nous ce que tu veux, mais pas ça ! » me supplièrent-ils. Une centaine de kilomètres séparaient les deux territoires, je n'allais tout de même pas les parcourir seul et à pied ! Déterminé, j'entrepris, à l'aveuglette, de demander assistance à des passants. Les mêmes réponses cinglantes me furent assénées, à chaque tentative :

« S'il vous plaît, comment puis-je me rendre à la *Ville Moderne* ?

— Je n'en sais rien !

— Qui pourrait me renseigner ?

— Personne !

— Existe-t-il un service de transport régulier entre les deux villes ?

— Non, ça n'existe pas !

— Voulez-vous m'y conduire ?

— Cela ne m'intéresse pas !

Je me dirigeai vers la première *Ligorie* venue, sans cacher mon agacement. Du plus loin qu'elle m'aperçut et avant que j'eusse ouvert la bouche, elle me répondit par un balancement de tête négatif. Evidemment, tout discours était superflu puisque les *Ligories* avaient le don de deviner nos désirs. Hormis les *Ligories* qui assuraient un service de transport personnalisé sur de courtes distances et les navettes spatiales dédiées aux missions intersidérales, il n'existait aucun service de transport collectif du type train, tramway, autobus, avion cargo… Chaque famille possédait son propre moyen de transport adapté à ses goûts et à ses besoins, de même chaque administration et chaque entreprise. C'est ce qui m'avait permis par exemple de me rendre dans *la Ville Morte*, en compagnie de mes guides d'alors, Dialu et Diael, dans cette charmante libellule transparente et polyvalente.

Devant tant de mauvaise volonté de part et d'autre, je n'avais plus qu'à différer mon départ pour ce pays énigmatique. En attendant, j'avais de quoi m'occuper avec les deux interventions que je devais encore effectuer dans *La Salle des débats*.

Salle des débats. Audition 6

Chacun dans la salle savait que j'avais bénéficié d'un traitement physique très spécial ; aussi tous les yeux rivés sur moi semblaient avides de découvrir l'homme neuf que j'étais devenu. Cependant, comme si de rien n'était, quelqu'un prit la parole pour m'annoncer, avec détachement, la question du jour : « A quoi les hommes de La Terre passent-ils leur temps ? » Ma mémoire plus aiguë, mes idées plus claires rendaient ma réflexion particulièrement efficace et rapide ; je répondis doctement, avec une aisance que je n'avais jamais connue.

« Tout dépend de leur âge, naturellement. Dès sa naissance, tout individu est confronté à une priorité absolue, celle de se nourrir. En raison de la solidarité intemporelle et universelle qui relie une progéniture et ses géniteurs, cette fonction du *nourrissage* est dévolue aux parents, pendant une période plus ou moins longue. Pour quelle raison ? Parce que pour satisfaire ce besoin, il faut des moyens matériels et que pour obtenir ces moyens comme gagner de l'argent par exemple, il faut produire un travail. Or dans les sociétés qui se respectent de nos jours, les enfants sont improductifs — sauf à enfreindre la loi universelle —, en-deçà d'un certain âge. En d'autres termes les enfants sont dans un état de dépendance financière par rapport à leurs parents ; il incombe donc à ceux-ci de supporter toutes les charges matérielles relatives à leur subsistance : nourriture, logement, habillement, éducation, protection - pour ne citer que les plus urgentes. C'est ainsi que les bébés sont allaités par leur mère, puis que les enfants sont nourris, logés, habillés par leurs parents au fur et à mesure de leur évolution. Il en sera ainsi — du moins dans les pays relativement aisés — tant qu'ils iront à la crèche, à l'école maternelle, à l'école élémentaire, au collège, au lycée, puis à l'université pour quelques-uns. Tacitement, en vertu du devoir sacré universellement dévolu aux parents par l'instinct parental, les règles sociales, les coutumes, le sens moral, etc., il ne vient à personne l'idée de demander contrepartie à ses rejetons, sauf dans certains pays du Tiers Monde qui, par faiblesse économique ou pour d'autres raisons obscures, dérogent à la règle : on y voit des enfants qui, au lieu de s'amuser ou d'aller à l'école, sont obligés de travailler dès l'âge de six ans afin d'aider leurs familles.

Aussitôt que l'enfant est en mesure de voler de ses propres ailes, il prend son indépendance. Soit il a un métier et son travail lui permet d'obtenir un salaire, soit il n'a pas de métier et dans ce cas, il subsiste aux dépens de l'aide sociale (ce qui, encore une fois, n'est possible que dans les pays riches). Le *Revenu de Solidarité Active* qui existe en France et qui garantit aux bénéficiaires un revenu minimum en est l'illustration. Toujours est-il que le travail est au centre des préoccupations de l'être humain de sa naissance à sa mort. Son existence est divisée en trois parties :

Première partie : l'école, les études, l'apprentissage d'un métier.
Dès son plus jeune âge, l'enfant est soustrait à ses parents et à la douceur du foyer pour être confié à différentes institutions qui lui apprennent progressivement ce qu'il faut savoir pour se comporter dans la société : les bases nécessaires à la communication, les

connaissances, le savoir-faire, le savoir-être, et éventuellement un métier.

Deuxième partie : l'exercice d'un métier en vue de gagner de quoi vivre.

En fonction de ses goûts, de ses compétences, des diplômes obtenus et des besoins de la société, il choisit un métier qui, généralement, sera le même pendant toute sa vie.

Troisième partie : la retraite.

Epuisé d'avoir consacré les plus belles années de sa vie au travail, l'homme est enfin libre de se reposer et de jouir du fruit de son labeur, du moins s'il en a encore la force et la volonté.

En résumé, dans la première partie de sa vie, l'être humain est esclave de l'école et des apprentissages ; dans la seconde partie, il est esclave du travail ; dans la troisième partie, il se repose. C'est ainsi dans les sociétés humaines et personne ne peut y échapper, hormis les rentiers qui n'ont pas besoin de gagner leur vie ou les marginaux, parias, clochards, SDF, sans-abri qui vivent sans ressources : le langage ne manque pas de termes pour désigner ceux qui restent en dehors du moule social.

— Que voulez-vous dire par gagner sa vie ? L'argent ne sert-il qu'à l'achat de nourriture ?

— Seule une partie — certes substantielle — du budget familial est affectée aux dépenses de nourriture. Les *ménages*, comme dit le jargon économique, consacrent leur argent également à diverses autres dépenses telles que habillement, logement, éducation, transport, santé, loisirs, communication, équipement du foyer.

— Il doit falloir beaucoup d'argent pour satisfaire tous ces besoins !

— Pas besoin de vous faire un dessin ! C'est pourquoi les hommes ne sont jamais satisfaits de ce qu'ils gagnent, il leur faut de plus en plus d'argent ; si ce n'est pas pour eux, c'est pour leurs enfants ou leurs petits-enfants. Une bonne partie d'entre eux sont prêts à tout pour parvenir à leurs fins : exploiter son prochain, trahir, tricher, mentir, voler, assassiner, etc.

Curieusement, certaines femmes et certains hommes, aveuglés par le travail quotidien, ont perdu le sens de la mesure et ne savent plus très bien pourquoi ils vivent. Ils ne font plus la différence entre « travailler pour vivre et vivre pour travailler ». Ils s'usent au boulot, ne pensent qu'à gagner de l'argent et finissent parfois par disparaître sans avoir pu profiter de leurs gains. D'autres au contraire s'ennuient au travail et sont obsédés par l'idée de prendre leur retraite le plus vite possible. »

15

Le refus de Fati et Trama de me conduire à *La Ville moderne* pour des raisons non précisées m'avait passablement déstabilisé. Je ne leur cachai pas ma déception mais je me gardai d'insister lourdement et de leur faire des reproches. Je n'étais pas en position d'exiger quoi que ce fût et j'avais besoin de leur soutien, même si par ailleurs leurs motivations à mon égard n'étaient pas claires : philanthropie ? intérêt ? curiosité malsaine ?

C'est donc naturellement que je les retrouvai, à la sortie de *La Salle des débats*. Le thème du jour sur lequel je venais longuement de disserter ne les intéressait que moyennement. Le travail ! Cela faisait longtemps que cette notion leur était devenue étrangère. Eux ne comprenaient pas pourquoi les Terriens s'obstinaient à trimer du matin au soir, consacrant de la sorte les deux tiers et le meilleur de leur vie au travail.

Les habitants d'Horus avaient un avantage certain sur les Terriens : ils n'avaient pas de soucis à se faire pour subsister, ils n'avaient pas de « vie à gagner », puisque tout était pris en charge par leur gouvernement. De même, toutes les corvées étaient réalisées par des robots parfaitement identifiables, chacun en fonction de sa spécialité. Il ne restait plus aux Horusiens que les tâches intellectuelles, dans lesquelles d'ailleurs ils excellaient, libres qu'ils étaient de concentrer leurs efforts sur tout ce qui avait un rapport avec l'activité mentale : réflexion, raisonnement, théorisation, abstraction, conceptualisation. C'est ce qui expliquait en grande partie leur avancée technologique. Le recours aux auxiliaires pour l'exécution des besognes ingrates, m'expliqua Fati, avait fait l'objet d'une série d'expérimentations, de tâtonnements, avant d'aboutir à sa forme actuelle.

Il y avait eu d'abord la phase « clonage ». C'était l'époque où l'on produisait autant de clones qu'il fallait pour exécuter les tâches matérielles. Chaque famille possédait ses propres clones spécialisés, l'un dans le ménage, l'autre dans le bricolage ou le rôle de nounou ; chaque organisme public disposait de ses clones affectés aux tâches de secrétariat, de comptabilité, de maintenance, etc. De même, chaque entreprise possédait les siens : manœuvre, ouvrier, contremaître, cade supérieur. Mais il se posait un problème de déontologie. Ces clones ayant été faits pour le travail, on les traitait sans ménagement en esclaves, alors que physiquement rien ne les distinguait des autres Horusiens. Le spectacle d'un frère courbant l'échine au service d'un patron intransigeant était devenu insupportable ; ces abus finirent par émouvoir l'opinion publique qui exigea et obtint la fin du clonage.

On entra alors dans la phase « horunoïdes » (l'équivalent de nos humanoïdes) qui étaient des produits purement mécaniques, mais conçus à l'image de l'homme. Mais là aussi leur ressemblance avec les Horusiens était trop frappante. Toute machine qu'ils étaient, il était également impossible aux honnêtes Horusiens de voir souffrir ces frères d'acier et de résine.

On abandonna les horunoïdes pour se lancer dans la phase « robots ». Pour éviter les erreurs du passé, ces derniers, contrairement aux clones et aux horunoïdes, ne furent pas construits à l'image de l'Horusien. On donna à certains la forme d'un animal, tel la *Ligorie* affectée au transport en site propre, le *Massalet* qui s'occupe du ménage, le *Becalis* chargé des maintenances. La plupart n'étaient que de simples objets mécaniques conçus sans recherche esthétique particulière, l'accent étant mis sur l'autonomie, la commodité, l'efficacité. L'opération connut un succès immédiat, d'autant que leur utilisation ne posait aucun problème de conscience.

« Nous voici devant la *Halle aux jeux*, me dit soudain Trama. Entrons nous distraire un peu, tu verras à quoi nos jeunes passent une partie de leur temps. »

Nos regards furent aussitôt attirés par une estrade éclairée sur laquelle évoluaient des acteurs.

« Nous arrivons à point nommé, dit Trama. Le concours de *Réminiscences* vient juste de commencer.

— Est-ce du théâtre ? demandai-je naïvement.

— Cela ressemble à du théâtre, effectivement, me dit Trama, mais si tu regardes plus attentivement, tu constateras que : premièrement, les personnages sur la scène n'existent pas en chair et en os ; deuxièmement, contrairement au théâtre, le décor est ici mobile ; troisièmement, le jeu des personnages et les éléments du décor ne se limitent pas à l'estrade. Mais attention, ce n'est pas non plus du cinéma, les images ne défilent pas sur un simple écran plat.

En effet, non contents de dialoguer ou de déambuler sur la scène, les personnages occupaient tout l'espace autour de nous, en haut, en bas, au-dessus de nos têtes, nous frôlaient, nous traversaient. Les spectateurs essayaient en vain de toucher ces êtres virtuels. Outre les acteurs, nous enveloppaient, grandeur nature, des arbres, des routes, le ciel, des nuages, des astres, des montagnes, des vallées, des véhicules, des maisons…

La scène, tranche de vie quotidienne d'un Horusien lambda, qui se déroulait en ce moment sous nos yeux était sur le plan narratif d'une banalité déconcertante, mais extrêmement impressionnante sur le plan technique :

« Une calèche découverte tirée par une Ligorie glissait doucement sur une route déserte. Sur le siège, un jeune homme et une jeune fille serrés l'un contre l'autre, main dans la main, ne se quittaient des yeux que pour s'extasier en un même cri devant tel ou tel élément du paysage qui sortait de l'ordinaire. Ici une coupe de terrain laissant apparaître plusieurs couches de terre multicolores superposées ; là un vallon verdoyant où paissaient quelques moutons… »

« En fait, dis-je à Fati, c'est comme un théâtre en plein air, sauf que les personnages n'existent pas en réalité. Cela me rappelle nos hologrammes, sortes de photographies au réalisme saisissant, contenant des informations tri-dimensionnelles. Le procédé est relativement rare et coûteux, cependant des artistes commencent à l'utiliser dans leurs spectacles et des hommes politiques dans leurs meetings. Mais comment se fait-il que certaines images que je viens de voir sont floues ?

— D'abord, je tiens à te préciser que nos images n'ont aucun rapport avec la photographie. Tout ce que tu vois sur cette estrade vient directement de l'imagination du jeune homme qui est là-bas, au pied de l'estrade. Il s'efforce de se concentrer sur ses souvenirs, en se servant de sa mémoire uniquement, avec le plus de précision possible. Ces images internes à son cerveau sont, au fur et à mesure qu'elles sont produites, captées par des calculateurs puissants puis converties en images 3 D, visibles par le public. Si quelques-unes ne sont pas très nettes, c'est parce que le candidat n'est pas capable de se concentrer suffisamment. C'est un exercice assez difficile qu'on maîtrise seulement après un long entraînement.

— Cette faculté de capter les images émises par un cerveau et à les transformer en images tridimensionnelles est vraiment épatante. Mais pourquoi n'a-t-on pas utilisé cette technique à mon égard dans *La Salle des débats*, au lieu de la simple traduction de mes paroles.

— D'abord, aurais-tu été capable d'exprimer tes pensées avec la précision nécessaire ? Et puis qui te dit qu'on n'a pas essayé de visualiser ce que tu as exprimé par la parole ?

— Je suis très inquiet du coup. Depuis mon arrivée, je n'ai cessé d'émettre des jugements négatifs. Cela voudrait dire que chacune de mes opinions, formulée secrètement en mon for intérieur, était connue de tous. Si c'est le cas, les autorités doivent m'avoir à l'œil.

— Comprends-tu mieux maintenant à quel danger s'expose chaque Horusien à tout instant ? Les autorités sont capables de lire nos pensées, du moins si nous sommes assez bêtes pour les exprimer avec clarté. Nous sommes passibles de sanctions si elles apprennent que nous cultivons des pensées subversives. Comme tu vois, notre tâche n'est pas simple. Pour éviter ce risque, les Horusiens qui ont un tant soit peu d'esprit critique se livrent en permanence à cet exercice difficile qui consiste à formuler clairement des pensées politiquement correctes tout en essayant de brouiller celles qui ne plaisent pas au gouvernement. Ceci dit, pour ne pas attirer l'attention sur nous, nous nous efforçons de maintenir un équilibre entre ces deux prises de position. »

L'obscurité se fit soudain sur l'estrade et le jeune homme, « réalisateur virtuel » si l'on peut dire, se retira, l'air peu satisfait de sa prestation. Un autre candidat se présenta. Lui aussi avait une histoire à raconter, plus précisément un rêve qu'il voulait partager avec le public. L'estrade s'illumina et des images en relief apparurent aussitôt, d'abord tremblotantes, saccadées, puis de plus en plus stables et nettes.

Celui-ci rêvait qu'il revenait de La Terre dans la navette réservée aux passagers. Dérogeant aux règles rigoureuses auxquelles étaient astreints les spationautes, il avait ramené de La Terre un charmant petit animal. Les images tridimensionnelles donnaient à voir un très beau spécimen de koala d'Australie avec une branche d'eucalyptus. Le candidat tentait de peindre l'état d'inquiétude dans lequel il se trouvait en attendant de connaître son sort, lorsqu'on découvrirait la supercherie. Les images étaient captivantes, le récit poignant. Il faut dire que le candidat était assisté dans son exercice par un coach qui l'encourageait et conseillait pas à pas. Ayant appris on ne sait comment qu'il y avait dans la salle un homme de La Terre, les spectateurs voulurent absolument me soumettre à cette épreuve et me faire entrer dans la compétition.

« Vas-y Paul, me dit Fati pour m'encourager, tu n'as rien à perdre et tout à gagner. Ils sont férus d'images exotiques ».

Devant mon hésitation, les spectateurs se mirent à scander mon nom de plus en plus fort. « Pau-aul ! Pau-aul ! » Il n'y avait pas d'échappatoire possible, je n'avais plus qu'à me jeter à l'eau. Mes premiers essais furent pitoyables. Alors que j'essayais péniblement d'extraire de mon esprit quelques lointains souvenirs, un flot d'images confuses se déversa dans la salle. Serrées les unes contre les autres, se chevauchant, incomplètes, elles étaient complètement illisibles. Il était évident que je devais apprendre à canaliser mes émotions avant de pouvoir produire « une scène 3 D » exploitable.

Une bonne âme, experte en communication tridimensionnelle, se porta à mon secours. « Il faut que tu mettes ton esprit en harmonie avec nos appareils. C'est comme si tu utilisais un diapason pour accorder un instrument à cordes. Une fois que tu auras trouvé la bonne tonalité, tu n'auras plus qu'à rester dans ce canal, entre les deux rails imaginaires ». Après moult essais qui me parurent interminables, je pris confiance en moi et les images se firent progressivement plus nettes.

Enfin, les spectateurs ébahis purent voir ceci :

« Un homme en maillot de bain, musclé et bronzé, s'avance sur une belle plage de sable blanc où scintillent de minuscules paillettes d'argent. De rares nuages, moutons cotonneux sans pattes, poussés par une brise légère, traversent le ciel impeccablement bleu. Là où les vagues viennent mourir sur le sable, l'homme s'arrête un instant, suit du regard un oiseau à longue queue qui plane majestueusement très haut dans le ciel, fixe un instant l'horizon puis les gros rouleaux qui s'arrondissent au large. Se baissant, il prend de l'eau à pleines mains et s'asperge méthodiquement la poitrine, le visage, le dos, la nuque. Enfin, il se redresse, prend sa respiration et pique une tête à travers la vague juste avant qu'elle ne se brise. »

De nombreux hourras et applaudissements fusèrent dans la salle et je compris que mon spectacle, inhabituel pour des Horusiens qui n'avaient jamais vu la mer, était à leurs goûts, malgré ses imperfections.

Nous quittâmes le plateau des « *Réminiscences* » pour nous diriger vers un autre atelier dont le plafond voûté comme un ciel semblait suspendu deux cents mètres plus haut. C'était le lieu où s'affrontaient les acrobates aériens. Les compétiteurs ne reculaient devant rien pour s'attirer les faveurs du public. Galopades effrénées sur des parois parfaitement verticales, bonds prodigieux se jouant de la pesanteur, et surtout la spectaculaire course de *l'homme volant*. La vue de ces espèces de scaphandriers qui fendaient l'air ainsi que des projectiles m'avait déjà subjugué, au hasard de mes promenades à travers La *Ville Saine*. C'était le moyen de transport privilégié des célibataires qui, tels des motards des airs, n'avaient pas de charges lourdes ou encombrantes à transporter. Grâce à leur combinaison spéciale équipée d'une batterie de micro-moteurs, ces aéronautes avaient la faculté de se déplacer dans n'importe quelle direction. Ici, dans le cadre de la compétition, ils avaient à réaliser un certain nombre de prouesses techniques : se mouvoir tête en bas à dix centimètres du sol, attraper une bille posée sur le sol à 100 km/heure. Sans compter les multiples cabrioles qui semblaient inspirées par les figures de nos plongeurs acrobatiques ou celles de nos pilotes de haute voltige aérienne : sauts périlleux, plongeon groupé, retourné, renversé, carpé ; tire-bouchon ; tonneau, vrille, ascenseur.

Dans un troisième atelier plus petit et plus intime, abrité des regards et des bruits extérieurs par des parois épaisses, des candidats immobiles, beaucoup plus sages, faisaient face à un professeur dans une attitude studieuse. Ici s'affrontaient de jeunes prodiges en mathématique. L'animateur énonçait à haute voix, un par un, les problèmes à résoudre ; à chaque fois, il n'avait pas terminé son énoncé que le doigt d'un surdoué se levait pour donner la réponse, toujours exacte. Chose difficile à croire, le public se passionnait pour cette démonstration de vivacité intellectuelle où les spectateurs devaient avoir eux-mêmes un très bon niveau pour en mesurer le raffinement. Moi-même, chien ignare dans un jeu de quilles, je ne saurai citer le moindre exemple pour satisfaire votre curiosité. Tout ce que je peux dire, c'est que ça allait très vite et que le public réagissait joyeusement à chaque victoire. Le vainqueur de la partie, appelé à devenir un grand chercheur, fut porté en triomphe à travers toute la salle sous des applaudissements nourris.

16

Salle des débats. Audition 7

J'abordai l'ultime épreuve dans *La Salle des Débats*, le cœur allégé. Les responsables m'attendaient, déjà assis autour de la table ovale, translucide et dorée. Le regret se lisait sur leur visage grave. Je déduisis que leur mélancolie inhabituelle était due au fait que, mon « contrat rempli », ils allaient me laisser partir sans avoir exploité toutes les ressources que j'aurais pu leur offrir. Par ailleurs, apprendre que les humains sont condamnés à travailler toute leur vie pour arracher un salaire, des revenus, dans le but d'avoir le droit d'exister, avait beaucoup ému l'assemblée. Plus je m'étendais sur ce sujet, plus leur figure prenait un air morne. Plus d'uns auraient versé de chaudes larmes, si la faculté de pleurer était inscrite dans leurs gènes, ce qui n'était pas le cas. Ils voulaient en savoir plus sur ces émules de Sisyphe et cette condamnation éternelle au travail forcé. Ayant en grande partie épuisé ce chapitre, j'eus l'idée d'orienter le débat vers les autres obligations des Terriens. Mais, ils m'interrompaient sans cesse pour avoir des précisions.

« Mais, comment font les enfants qui n'ont plus leurs parents ?

— Les plus chanceux sont pris en charge par des membres de la famille, oncle, tante, frère, sœur, etc., ou l'assistance publique. Certains — c'est très répandu dans les pays pauvres — vivotent comme ils peuvent, dorment dans la rue, s'exposant ainsi aux dangers que représentent les intempéries, les voyous et les prédateurs. »

Un murmure désapprobateur s'éleva dans la salle, accompagné de commentaires indignés.

« Mais les idiots, les malades mentaux, les handicapés, comment font-ils ?

— C'est à ceux-là que je faisais allusion quand je parlais de marginaux. Comme pour les enfants, ceux qui ont une famille charitable qui veut bien les prendre en charge s'en sortent, les autres vivent d'expédients, dorment où ils peuvent, sous les ponts, sous les porches d'églises. Je vous laisse imaginer la vie de ces malheureux quand sévit l'hiver septentrional et ses frimas.

— C'est scandaleux ! s'exclama un dignitaire, hors de lui. Comment un Etat peut-il tolérer pareilles injustices.

— C'est injuste, j'en conviens, mais là ne s'arrêtent pas l'incurie et la tyrannie des services publics. Jugez-en par vous-mêmes. On pourrait croire que l'homme de La Terre, ayant acquis, grâce à son travail et à ses revenus, les moyens de faire vivre sa famille, baigne dans la félicité. Puisqu'il possède une maison ou un appartement, une belle voiture, que sa famille mange à sa faim et est couverte par l'Assurance Maladie, que ses enfants fréquentent une bonne école, on en déduit qu'il est comblé, qu'il n'a plus rien à espérer. Erreur ! Quand il a épuisé jusqu'à son dernier sou pour satisfaire ses besoins incontournables, l'Etat lui réclame encore des comptes. »

Autre murmure d'incompréhension dans la salle, allant crescendo.

« Eh oui, les impôts ! Figurez-vous que les Terriens doivent aussi payer des impôts. Des impôts directs et des impôts indirects ! Malheur à l'imprévoyant qui mange tous ses revenus sans avoir rien mis de côté : le moment viendra où il devra restituer à l'Etat un pourcentage de ses gains, au titre de l'impôt sur le revenu. Le père de famille se réjouit d'avoir fini de payer sa maison, il faudra encore qu'il verse une taxe annuelle à l'Etat, correspondant à la valeur de son bien : c'est la taxe foncière et la taxe d'habitation qui viennent lui rappeler que son titre de propriété n'est que virtuel, qu'en fait il restera toujours le locataire de sa propre maison. Et comme cela ne suffit pas, l'Etat lui fait payer insidieusement une taxe sur chaque produit qu'il consomme : c'est la traîtresse TVA. Cette taxe omniprésente affecte son budget, alourdit ses dépenses, mais le citoyen s'en acquitte sans broncher car elle est invisible et inodore. A titre anecdotique, il y a deux cents ans, le peuple français devait payer un impôt sur les portes et fenêtres. Conséquence : les propriétaires s'arrangeaient pour limiter le nombre d'ouvertures, se contentant de lucarnes et de vasistas, non imposables. L'homme paie déjà l'eau qu'il consomme, un jour, il paiera pour avoir le droit de respirer. »

Violent mouvement de protestation dans l'assemblée. Des cris fusent de toutes parts. « Quelle honte ! Quel monde sans pitié ! »

Je quittai *La Salle des Débats*, ému moi-même d'avoir touché une corde sensible chez ces Horusiens au visage inexpressif, capables de marquer leur désapprobation uniquement par des mots et des actes.

17

Devant la *Salle des Débats*, Couly m'attendait, seul. Fati et Trama, encore embarrassés de m'avoir déçu et ne se sentant pas à la hauteur de mes espérances, s'étaient éclipsés provisoirement, m'expliqua-t-il. Ils connaissaient son positionnement concernant l'autoritarisme de l'Etat et son dévouement, et estimaient qu'il était mieux placé que quiconque pour me conduire à *La Ville Moderne*. C'était par goût et non par crainte que lui, Couly, se tenait à l'écart de cette bourgade, peuplée de « marginaux », pour reprendre un de mes propres termes, disait-il. Lors de nos premiers contacts, j'avais cru déceler en lui une certaine dose sinon de rébellion du moins d'esprit critique à l'égard des dirigeants d'Horus : cette impression était en train de se confirmer. Notre départ devait se faire de son domicile, à la tombée de la nuit, discrétion oblige.

Après que j'eus présenté mes politesses à son épouse Pharma, Couly me proposa d'enfiler la combinaison qui allait me propulser vers *La Ville Moderne*. J'avais pu admirer l'incroyable adresse des aéronautes à l'occasion du concours de *l'homme volant*, mais je n'étais pas encore prêt moi-même à endosser ce rôle à deux ou trois cents mètres d'altitude. Cependant, comme le hasard, de par mon abduction, avait fait de moi un héros involontaire — encore inconnu certes —, je me devais par amour-propre de donner un tant soit peu de légitimité à ce titre. Non, un héros ne pouvait pas se dérober à ce genre de proposition sans ternir l'estime qu'il avait de soi-même.

Il m'était malaisé de me mouvoir au sol dans cette combinaison appartenant à Pharma, lourde et un peu juste pour moi, mais une

105

fois les moteurs allumés, quel enchantement ! Nous étions de l'hélium, tout simplement. Pas moins de huit moteurs étaient nécessaires pour manœuvrer ce mode de locomotion, que nous appelons de nos vœux sur La Terre en piaffant d'impatience. Allez ! Encore deux dizaines d'années de patience et on pourra s'éclater nous aussi dans ces combinaisons volantes. L'écran digital fixé sur mon avant-bras, qui servait à la traduction, permettait aussi de contrôler cet engin. Il suffisait d'effleurer une des touches pour être propulsé en haut, en bas, devant, derrière, à gauche, à droite, pour tournoyer sur soi-même ou basculer en position horizontale ou verticale. Inutile de dire qu'avec ce genre d'objet, la prudence est de mise. Malgré les dispositifs de sécurité prévus pour éviter toute catastrophe, notamment la présence de capteurs destinés à détecter les obstacles et capables de déclencher les aérofreins, malheur à celui qui donne une impulsion brutale aux commandes : l'appareil se met à tourner sur lui-même jusqu'à ce que l'infortuné pilote en reprenne le contrôle. Si cet incident est sans danger et pardonné aux novices, le pilote chevronné s'expose à une double sanction : se couvrir de honte et surtout perdre sa licence de pilotage. Or, être privé du *hawkman* — tel était le nom de cette combinaison volante — c'était se priver du moyen de transport le plus sensationnel, le plus commode qui soit.

Je suivais docilement Couly qui filait comme une flèche en direction de *La Ville Moderne*. La sensation incomparable de liberté que procurait le *hawkman* était en partie contrariée par l'obligation d'obéir aux règles de la circulation aérienne en vigueur. Ce n'est pas sans raison que les législateurs tiennent à édicter ces règles : sur la Terre comme sur la planète Horus, l'expérience a montré qu'on ne peut pas accorder une entière liberté aux conducteurs quels qu'ils soient. Le non-respect des règles pour toutes les raisons que l'on voudra a déjà fait trop de victimes dans les transports. A fortiori lorsqu'on évolue à cent à l'heure à deux cents mètres d'altitude et qu'une collision ne laisse aucune chance de survie aux passagers.

Au bout d'un kilomètre, Couly me fit la démonstration de quelques figures acrobatiques dont il avait la maîtrise et m'encouragea à tenter quelques essais. Réalisant enfin ce vieux rêve de l'homme, je m'essayai timidement aux deux figures qui me semblaient le plus accessibles : le tire-bouchon, qui consiste à tournoyer sur soi-même et l'ascenseur, qui consiste à monter ou descendre brutalement de quelques mètres ; monter en flèche comme un missile, ou tomber comme une pierre. Effets garantis.

Au terme de cette balade récréative, nous arrivâmes en vue de *La Ville Moderne*. Je m'attendais, comme son nom le suggère, à me retrouver dans une jungle urbaine, submergée de gratte-ciel serrés les uns contre les autres, lancés dans une compétition vertigineuse vers un ciel pollué. Mes prévisions se révélèrent non seulement inexactes mais encore à l'opposé de la réalité. C'était donc cela que les gens de *La Ville Saine* considéraient comme un lieu de perdition peuplé de dépravés et infréquentable ! Pour moi, il n'y avait rien de plus bucolique que ces cabanes, ces bois, ces jardins, ces animaux gambadant çà et là, qui se déployaient sous mes yeux.

Ce ne furent pas des mutants défigurés qui vinrent nous accueillir, ni des guerriers modernes revêtus d'armures au look décapant, mais des gens simples comme vous et moi. Ces parias, en fait, ressemblaient étrangement à une certaine catégorie de gens de La Terre, plus précisément à nos hippies des années soixante. Ils étaient barbus, chevelus et ils avaient des ongles. J'avais l'impression de me retrouver dans un de ces villages paumés de la campagne française vidée de ses occupants historiques puis repeuplée par une communauté de babas cools. Ils possédaient des animaux domestiques qu'ils cajolaient, des chevaux, des chiens, des chats, quelques poules. Il me vint soudain à l'esprit cette hypothèse farfelue que ces hommes et ces femmes — peut-être un village entier — avaient été déplacés de La Terre en un lieu d'Horus, avec leur environnement et leurs outils de travail. Une fois sur place, ils auraient perpétué leur art de vivre, leurs coutumes, leurs traditions.

Les animaux étaient en chair et en os, contrairement à ceux de *La Ville Saine*. A vrai dire, ce n'étaient pas des chevaux, des chiens, des chats, ni des poules. Peu importe ! C'étaient des animaux qui leur ressemblaient. Quand je dis cheval, ce pouvait être un âne, un zèbre ou quelque chose d'approchant. J'ai dit « chat », mais c'était peut-être un lynx ou un caracal. Par le mot « poules », entendez « volailles ». Les variétés de poules avec des caractéristiques différentes se comptent par centaines sur La Terre. On peut donc concevoir qu'il existe sur la planète Horus des animaux qui ressemblent à des chevaux, des poules, des chiens, des chats, avec des noms différents.

Je fus à peine étonné quand un homme d'une cinquantaine d'années barbu comme un ermite, vint donner l'accolade à Couly. Ils avaient l'air de se connaître de longue date et de s'apprécier. C'est de sa bouche que je reçus les explications qui allaient combler mon ignorance. Il commença par répondre à ma question sur les origines de La *Ville Moderne*.

Il était formel. Les habitants de *La Ville Morte* ne comptaient absolument aucun Terrien dans leurs rangs, ils venaient tous de *La Ville Saine*. Gagnés par des idées révolutionnaires, ils avaient d'abord milité au sein d'une association en faveur d'un nouvel art de vivre, avant d'être chassés vers un endroit désertique où ils avaient fondé *La Ville Moderne*. Des familles entières venaient grossir régulièrement leur communauté, promise à une belle évolution, ce qui ne manquait pas de provoquer l'ire des responsables gouvernementaux. Les mutations physiologiques visibles sur leur organisme étaient dues selon lui au changement de leurs habitudes alimentaires.

Pourquoi avaient-ils été combattus puis expulsés par les autorités horusiennes ? Ces parias qui revendiquaient une grande admiration pour la planète Terre, avaient réussi à copier et à reproduire certaines pratiques des Terriens. A force de persévérance et d'ingéniosité, ils avaient réussi à créer des zones de microclimat où la pluie s'invitait de temps en temps. Ils cultivaient maintenant sur de minuscules parcelles des fruits et légumes qui, associés au lait et aux œufs, entraient dans leur alimentation. Ces nouvelles habitudes alimentaires auraient peu à peu bouleversé le métabolisme de ces habitants au point d'engendrer quelques métamorphoses spectaculaires dans leur organisme. Ainsi, contrairement aux autres Horusiens gavés artificiellement de perfusions, gélules et autres patchs, ils avaient vu leurs ongles et leurs cheveux repousser ; en outre, ils étaient un peu plus grands et ils avaient des traits plus fins. C'était plutôt pas mal pour des gens qu'on qualifiait de dégénérés, comme quoi chacun ses goûts. En tout cas, c'en était trop pour la société bien-pensante d'Horus qui se sentait fragilisée dans ses idéaux et dans ses fondements.

Julien — l'Horusien barbu avait aussi adopté un prénom de La Terre — résuma pour nous la philosophie de leur communauté. Ses camarades et lui prônaient une vie simple, fondée sur le retour à une nature authentique, une nourriture saine et équilibrée, une liberté de mouvement… Epicuriens sans le savoir, les habitants de *La Ville Moderne* avaient réappris à savourer un mets, un légume frais, un fruit ; à caresser le pelage délicat d'un animal affectueux — peu importe son nom. C'était cette quête d'authenticité, cette simplicité dans leur mode de vie, ce refus de s'inscrire dans une course technologique sans fin, qui suscitaient la méfiance générale. Ils étaient conscients de cracher dans la soupe car ils avaient besoin eux aussi de la science pour poursuivre leurs expériences et notamment perfectionner leurs techniques agricoles. Mais ils ne voulaient plus agir comme une machine ni penser comme un seul homme. A la faveur de leurs pérégrinations sur la « planète bleue », des complices avaient pu ramener clandestinement des graines et autres boutures qui avaient permis de développer une agriculture à petite échelle sur le sol horusien. Ils avaient longtemps puisé dans ce trésor, avant d'atteindre une certaine autonomie. Eux-mêmes n'avaient pas les moyens technologiques de retourner sur la *Planète Bleue* pour y chercher des semences, d'autant plus qu'ils faisaient l'objet d'une étroite surveillance ; cependant, ils pouvaient compter sur de nombreux sympathisants au sein de la population de La *Ville Saine*, qui à défaut de rapporter de La Terre des échantillons utiles, continuaient d'enrichir leurs connaissances par leurs récits et descriptions.

Pour moi, La *Ville Moderne* était tout sauf « moderne ». Je ne comprenais pas pourquoi on avait affublé ce territoire de cette épithète, alors que ses habitants étaient justement tournés vers le passé et ses techniques archaïques. Mais je me rends compte que je raisonne comme un Terrien. Se tourner vers le passé pour un Terrien, c'est militer pour un retour aux pratiques anciennes : cuisiner au feu de bois, se déplacer à cheval, laver son linge à la main, se nourrir de plantes vivrières au lieu d'insipides substances artificielles. Ces pratiques et ces aspirations qui scandalisaient le bon peuple d'Horus étaient jugées au contraire avant-gardistes.

Couly et moi confiâmes nos combinaisons spatiales à un père de famille qui fumait tranquillement la pipe sous un auvent et nous déambulâmes des heures délicieuses dans *La Ville Moderne* — puisqu'il fallait l'appeler ainsi —, accompagnés de Julien et d'une bande d'enfants qui piaillaient joyeusement à nos côtés. D'humbles paysans affairés sur leurs lopins de terre nous saluaient en souriant à notre passage. Ils sarclaient leurs parcelles, arrosaient leurs semis, repiquaient des plants à l'heure où d'autres habituellement s'amusent en boîte de nuit. Tiens ! Les habitants d'ici savaient donc sourire ! Cette nouvelle particularité était-elle aussi jugée inacceptable par les autorités de tutelle ? Des couples vêtus avec légèreté, parfois enlacés, ne se contentaient pas de se regarder dans les yeux ou de dire des poèmes, ils s'embrassaient avec passion sur la bouche et on sentait bien qu'ils savaient quoi faire de leur corps dans l'intimité de leur demeure.

Si j'étais condamné à finir ma vie sur la planète Horus, c'est ici, sans aucun doute, auprès de ces beatniks, que j'aurais choisi de m'installer. Hélas ! ce n'était pas dans cette *Ville Moderne* que se trouvait mon salut, c'est-à-dire le vaisseau cosmique qui devait me ramener sur La Terre. Ici, tout était rudimentaire ; ici on se contentait de peu, on vivait d'amour et d'eau fraîche. On était cool, mais on ne savait pas entreprendre un voyage jusqu'aux confins de l'univers.

Alors que sous un ciel brumeux annonciateur de pluies bénéfiques, je savourais en compagnie de Couly le plaisir de traverser des paysages qui rappelaient ceux de La Terre, je songeai non sans nostalgie combien il serait doux de passer quelques jours dans *La Ville Moderne*. Je me confiai ouvertement à mon compagnon.

« Oublie cette idée ! m'intima-t-il. Veux-tu qu'ils envoient un détachement à notre recherche ? Il ne faut pas se leurrer. Les autorités veulent bien fermer les yeux sur des escapades de courte durée mais ne surestimons pas leur générosité.

— Mais Julien disait tout à l'heure que des sympathisants venaient gonfler leurs rangs régulièrement !

— Disons qu'il a un peu exagéré. Ça, c'était autrefois. Il serait étonnant que le gouvernement laisse plus longtemps *La Ville Saine* se dépeupler au profit de La *Ville Moderne*. Il y a trop d'intérêts en jeu.

— Je ne vois pas de quoi tu parles. Quel mal y a-t-il à laisser de pauvres gens vivre comme ils l'entendent de choses simples ? Ils ne font de mal à personne.

— C'est ce que tu crois ? Réfléchis un peu à toutes les conséquences de cette permissivité si elle devait se perpétuer. D'abord, qu'on tolère la désobéissance civile, alors tous les abus sont possibles, la porte est ouverte au chaos. Ensuite, ce que craint le gouvernement par-dessus tout et ça je peux le comprendre, c'est la débâcle qui suivra inévitablement tous ces débordements. Si les habitants sont autorisés à suivre librement leurs penchants sexuels, c'en sera fini du contrôle des naissances, la population explosera. La planète Horus ne survivra pas à une forte augmentation de sa population. Par ailleurs, une alimentation malsaine, mal équilibrée, entraînera immanquablement le retour des maladies et des souffrances. Notre espérance de vie diminuera sérieusement. Sans compter la dégénérescence qui menace les individus. C'est toute la population d'Horus qui est danger de mort en fin de compte.

J'étais sidéré. Je croyais que Couly était habité par des idées humanistes. Or, voilà qu'en cet instant il se comportait comme un ardent défenseur de l'idéologie officielle. Je ne savais plus à quel saint me vouer.

« D'ailleurs, il est temps de rentrer au pays, me lança-t-il péremptoirement, sans tenir compte de mon désarroi. Notre absence n'a que trop duré.

J'ai dû, involontairement, faire une moue qui n'échappa pas à Couly car il ajouta aussitôt :

— Ne m'oblige pas à être désagréable s'il te plaît ! A toi de voir où sont tes intérêts. Veux-tu retourner sur La Terre ou non ? Et puis, tu sais, Pharma a besoin de sa combinaison de vol. »

Ce dernier argument me paraissait fallacieux. Cependant, Couly avait su employer les mots pour me convaincre. Je serais complètement fou de m'embarquer dans des aventures sans lendemain. Une seule chose devait compter pour moi, c'était de revoir ma femme, mes enfants et peut-être ma vieille mère malade, si j'arrivais à temps. Il fallait donc quitter *La Ville Moderne*, sans égards pour les sentiments altruistes qui étaient en train de me déchirer.

« Puisque je n'ai pas le choix, partons, dis-je, sans cacher mon dépit. »

Des hommes, des femmes et des enfants, engagés dans une discussion animée nous attendaient devant l'auvent où nous avions laissé nos combinaisons. Deux groupes se faisaient face et semblaient défendre des points de vue opposés. A notre approche, les voix se turent.

« Merci pour l'hospitalité, dit Couly. Le moment est venu pour nous de rentrer à la maison.

— Je vais chercher vos combinaisons, dit l'homme à la pipe.

— Attends, pas si vite ! dit un jeune homme blond hirsute en jean et tee-shirt. Une seule suffira.

— Qu'est-ce que cela veut dire ? demanda Couly.

— Toi, tu peux partir, mais ton ami reste chez nous. Nous avons besoin de lui. Pour une fois que nous avons un Terrien sous la main, il n'est pas question de le laisser partir sans profiter de ses conseils.

— Qu'est-ce que vous chantez là ? Ce n'est pas ce qui était prévu. Nous sommes venus ensemble, nous repartirons ensemble !

— Ce n'est pas toi qui donnes les ordres ici !

— Bon, si vous le prenez comme ça. Mais je vous préviens : cela ne restera pas sans conséquences. Aucun visiteur n'acceptera plus jamais de venir dans *La Ville Moderne*. Et attendez-vous à des représailles de la part des autorités.

Julien, qui était resté à l'écart, prit la parole.

« Ça suffit ! dit-il à ses camarades. Je vous rappelle que nous sommes des non violents. Nous n'obtiendrons rien par la force. C'est Paul qui doit décider s'il veut rester ou pas.

— Laissez-moi m'entretenir deux minutes seul à seul avec mon ami Couly, demandai-je.

— Faites, dit Julien, en accompagnant ses paroles d'un geste bienveillant de la main. »

Je mis tout mon art dialectique en œuvre pour convaincre Couly. Ces gens voulaient juste profiter de mon passage pour apprendre davantage sur les méthodes des Terriens. Et alors, quel mal y avait-il ? Je lui avouai que cela me faisait plaisir d'apporter ma contribution à des gens qui avaient une telle soif d'apprendre. C'était aussi une façon inespérée de mettre en valeur la civilisation terrienne. Je lui demandai aussi de plaider ma cause devant les autorités horusiennes, si cela s'avérait nécessaire. A mon retour, pour me faire pardonner, j'étais prêt éventuellement à donner bénévolement une ou deux conférences supplémentaires dans La Salle des débats. « Si tu y tiens, reste avec eux, mais pas plus de deux jours, finit-il par dire. »

« Bien, voilà notre décision, déclarai-je aux manifestants. Je suis flatté que vous fassiez appel à mes services mais sachez que vous me mettez dans l'embarras. D'une part, je ne veux pas déplaire à mon ami Couly qui s'est dévoué pour m'emmener jusqu'ici ; d'autre part, je ne peux me permettre de rater le départ du vaisseau pour La Terre, qui est imminent. Mais en même temps, je sens chez vous une telle sincérité, un tel désir de savoir que je n'ai pas le courage de me dérober à votre demande.

— C'est très aimable de votre part, dit Julien, nous n'abuserons pas de votre temps. Deux petits jours, c'est tout ce qu'il nous faut. Une telle occasion ne se présentera plus jamais ; nous devons la saisir maintenant.

— Puisque Paul est d'accord, arrangez-vous avec lui, dit Couly qui avait retrouvé son calme. Avec un peu de chance, les autorités ne s'apercevront pas de son absence ou bien feront semblant. Je crois

savoir que Paul jouit d'une bonne réputation dans *La Ville Saine.*
Cela jouera en sa faveur.

— Merci pour ta compréhension, dit Julien, en prenant ses deux
mains dans les siennes. Seulement deux petits jours, répéta-t-il.

18

Couly envolé, je me tournai vers mes hôtes : « Il n'y a pas de temps à perdre, que voulez-vous apprendre ? »

Ils étaient hésitants. Voir un Terrien en chair et en os sur leur parcelle n'avait même pas effleuré leurs rêves. Ils avaient agi dans la précipitation, avaient improvisé une manifestation, réclamé bruyamment que l'étranger reste un temps à leur service, mais sans trop y croire. Et maintenant que la perle rare était là parmi eux, à leur disposition, ils ne savaient pas par où commencer. Encore excités par leur audace, ils parlaient tous en même temps. Quelques mots tout de même parvenaient à émerger de cette cacophonie : « culture… cuisine… pain… vin…café… »

« Je ne comprends rien à ce que vous dites. Vous voulez que je vous apprenne à faire la cuisine ? Ne soyez pas trop exigeants, nous n'avons pas beaucoup de temps devant nous. Peut-être un ou deux plats, une ou deux techniques de culture, je ferai ce que je pourrai.

— Excusez notre maladresse, dit enfin l'un d'eux en faisant des efforts pour articuler distinctement, nous avons tellement de retard à combler. Commencez par où vous voulez ; tout nous intéresse.

— Que savez-vous faire en agriculture ?

— Pour commencer, nous avons mis en terre des graines que nous avons rapportées de La Terre. Nous avons ainsi effectué avec bonheur des semis de sarissari, de cherochero, de bilibili. Nous avons planté aussi des noyaux afin de récolter des fruits mais là nous devons reconnaître que nous avons échoué à demi. Les arbres

115

obtenus ont bien grandi, ont fait de jolies branches, beaucoup de feuilles et quelques rares fruits rachitiques et âcres. Cela va sans dire que nous sommes très déçus.

— Quelle est votre plus grande réussite ?

— Il s'agit sans conteste du walowalo.

— Pardon !

— Le walowalo ! C'est comme ça que nous l'appelons. Ce sont des boules grosses comme le poing qui poussent en grappes dans la terre. La façon dont nous nous sommes procuré les semences mérite d'être racontée. Cette fois-là, notre vaisseau était posé dans un bois, à l'abri des regards (selon notre habitude), tout près d'une ferme isolée au milieu d'un grand champ. Nous sommes restés quelques jours à épier les allées et venues d'un couple de fermiers. Nous avons ainsi pu observer comment ils procédaient pour cultiver les walowalos. L'un de nous a profité de la tranquillité de la nuit pour se glisser dans la réserve et en chiper tout un sac que nous avons rapporté chez nous. Il ne nous restait plus qu'à reproduire fidèlement les gestes que nous avions mémorisés pour, à notre tour, nous lancer dans la culture du walowalo. Ce terme nous était inconnu avant cette date, il nous est venu tout naturellement pour désigner ce tubercule marron, de forme plus ou moins oblongue. Oh ! je ne dis pas que cela a été facile ; le combat a même été féroce face au cruel dilemme auquel nous étions confrontés : dévorer instantanément ces légumes pour satisfaire notre curiosité et notre gourmandise ou user de patience et les utiliser comme semences en espérant obtenir des récoltes abondantes. Nous avons pris le parti stoïque de la résistance. Notre première récompense s'est présentée lorsque nous avons vu apparaître des germes sur la surface des légumes enterrés. Alors nous avons creusé des sillons parallèles espacés de soixante-dix centimètres, nous avons enterré un tubercule tous les quarante centimètres, à 10 cm de profondeur, en prenant soin d'orienter les germes vers le haut. Le plus dur a été d'attendre une centaine de jours, jusqu'à ce que les feuilles jaunissent, pour pouvoir récolter les fameux walowalos.

« — Bravo ! Je me demande si vous n'êtes pas en train de me décrire ce qu'on appelle chez nous « la pomme de terre ». Si c'est le cas, vous avez fait exactement ce qu'il faut. On dirait que vous avez appris à cultiver vos légumes dans un traité d'agriculture.

— Merci. Le problème est que nous ne savons pas comment consommer la pomme de terre, comme vous dites. Nous avons essayé de la manger crue, mais franchement, c'est épouvantable. Bouillie, elle est un peu meilleure, mais fade. Vous seriez bien aimable de nous enseigner une ou deux recettes faciles.

— Ce ne sera pas difficile. »

La pluie attendue ne s'étant pas manifestée, quelques étoiles timides apparurent, précédées de peu par les deux lunes jumelles qui affichaient sans pudeur leur relief tourmenté comme une créature montrerait ses entrailles. L'une des étoiles paraissait effroyablement proche. Des jeunes gens firent un feu de bois, et tout le monde s'assit autour, comme dans les bonnes veillées du bon vieux temps. Des histoires se mirent à circuler. Des regards insistants essayaient de me faire comprendre que je devais passer du statut d'auditeur à celui de conteur. Ce n'était pas l'envie qui me manquait de leur en raconter de bien bonnes, j'en avais pas mal en réserve dans les tiroirs de ma mémoire, et pas des plus innocentes, que je servais à l'occasion des repas bien arrosés entre adultes. Cependant, je décidai de ne pas montrer d'autres facettes de mon talent, de peur de passer pour un homme indispensable et de susciter d'autres besoins. Je dormis à même le sol, blotti contre une baba cool vêtue d'une longue robe, rassuré de savoir que je ne risquais pas d'être dérangé par quelque bestiole repoussante, vu que les scorpions et autres scolopendres, jusqu'à preuve du contraire, n'existaient pas sur le sol d'Horus.

Après des explications sommaires sur la manière de préparer des frites et des pommes de terre sautées, je leur appris comment cuire du riz blanc, un œuf au plat et à couler du bon café. Ici s'arrêtaient mes compétences de cuisinier. Là où je pus donner ma pleine mesure, ce fut dans la technique de la greffe arboricole. Non que je fusse un expert en la matière, mais mon beau-frère que je voyais deux fois par mois à la table familiale m'avait tellement rebattu les oreilles de ses expériences que j'avais fini par assimiler la plupart de ses techniques de greffage. Je me lançai donc dans une démonstration ad hoc, avec un débit relativement rapide, comme un écolier qui récite par cœur un poème.

« Vous avez planté des noyaux, espérant obtenir des fruits. C'est une démarche logique ; malheureusement, la nature qui a plus d'un tour dans son sac se montre parfois tatillonne et fantaisiste. Il est rare que l'utilisation de noyaux donne de bons résultats lorsqu'on veut reproduire un arbre. Par exemple, il y a peu de chances de récolter d'excellentes mandarines, en plantant un pépin de ce fruit. Il vaut mieux utiliser la technique de la greffe, à plus forte raison lorsque la plante a du mal à s'adapter sur un sol auquel elle n'est pas habituée. Greffer consiste à associer la greffe de la plante que l'on veut reproduire avec un porte-greffe compatible. Il existe plusieurs types de greffe, je vais vous parler quant à moi de la « greffe en fente » que je connais bien. »

J'entrepris ma démonstration avec entrain et conviction, comme un planteur chevronné ou un technicien du ministère de l'Agriculture. Je choisis un jeune arbuste dynamique qui poussait parmi les cherocheros et les sarissaris ; je le décapitai à un mètre du sol, à l'endroit où son tronc faisait entre trois et cinq centimètres ; je fendis en deux la partie ainsi décapitée ; j'écartai la fente et y introduisis le greffon d'un mandarinier qui commençait à donner quelques fruits dégénérés ; il ne restait plus qu'à souder l'ensemble au moyen d'un lien quelconque.

« Voilà comment on multiplie un arbre fruitier au moyen de la greffe dite en fente, dis-je fièrement pour conclure mon intervention. La réussite dépendra du bon choix du porte-greffe et du greffon. Là est toute la question. Mais ce n'est plus mon problème. »

19

J'avais acquis assez de connaissances en matière de navigation aérienne et je maîtrisais suffisamment le pilotage du *hawkman* pour envisager de retourner seul à *La Ville Saine*. Avec une joie enfantine, j'endossai la tenue de Pharma et je pris la voie des airs en laissant au sol le village singulier et ses cultures expérimentales qui m'avait accueilli durant ces deux derniers jours, non sans avoir salué chaleureusement les hôtes que je quittai à tout jamais. En chemin, je m'offris de nouvelles figures acrobatiques avec d'autant plus de confiance que le risque d'accident était proche de zéro.

Comme convenu, je retrouvai Couly à son domicile.

« Je suis désolé de ne pas laisser le *hawkman* plus longtemps à ta disposition, dit-il. Pharma s'ennuie quand elle reste à la maison trop longtemps. C'est son moyen de transport préféré, il faut qu'elle fasse son petit tour quotidien.

— Ne t'en fais pas pour moi. Au contraire, c'est moi qui m'excuse d'avoir abusé de votre générosité. Je ne te remercierai jamais assez d'avoir rendu ce voyage possible et de m'avoir accompagné. »

Le premier souci de Couly une fois rentré à *La Ville Saine* avait été de plaider ma cause auprès des autorités qui, bien entendu, avaient eu vent de notre incursion en territoire *ennemi*. Il s'en était si bien tiré que je n'eus même pas à justifier mon absence. Personne ne me posa de questions sur mon emploi du temps et je gardai moi-même un silence prudent sur ces deux jours flous. Il aurait été fort

120

dommage pour moi d'être sanctionné pour activités subversives, à quelques jours seulement de mon retour. D'ailleurs, à quoi aurait servi une condamnation éventuelle dans la mesure où l'occasion de se débarrasser de moi allait se présenter de la façon la plus naturelle qui soit ? Néanmoins je commençais à soupçonner que cette sollicitude dont je bénéficiais n'était peut-être pas désintéressée : et si les autorités nourrissaient à mon égard des desseins mystérieux ! Qui sait si un plan machiavélique prenant en compte mon existence future n'avait pas été ourdi en grand secret ? Au milieu des miens, je pouvais devenir un « contact », une « taupe » pour les extra-terrestres...

A toutes fins utiles, sentant que le meilleur moyen de me dédouaner à l'instant était de donner la conférence promise, je m'y employai aussitôt avec le plus de zèle possible.

Salle des Débats. Audition 8

« Avec tout ce que je vous ai appris sur eux, les êtres humains qui peuplent La Terre doivent vous paraître maintenant bien médiocres ! Je comprends vos sentiments et les partage dans une certaine mesure. Mais je vous assure que tout le monde n'est pas à mettre dans le même panier. Il y a beaucoup de mauvais Terriens certes. Il y en a qui pensent uniquement à leurs intérêts, à leurs plaisirs personnels, à leur famille et à leur fortune. On n'imagine pas à quel point les égoïstes et les radins font du tort, à leur manière, à l'humanité. Puis il y a ceux qui n'hésitent pas à faire du mal aux autres et ceux qui s'entretuent. Et il y en aura toujours pour abuser de leur pouvoir et exploiter ceux qui sont plus faibles qu'eux.

Des scènes douloureuses de méchanceté humaine me hantent encore, même ici, sur la planète Horus, à des *pc* de La Terre. Deux jours avant mon départ, un homme enlevait et tuait une fillette après l'avoir violée ; un terroriste fonçait sur la foule au volant de son camion, tuant des dizaines de personnes ; un kamikaze causait la mort d'une trentaine de personnes en faisant exploser sa bombe dans un marché ; des armes chimiques étaient utilisées contre des civils dont de nombreux enfants ; un lycéen armé d'un fusil de guerre abattait une douzaine de ses camarades. Et encore ceci n'est qu'un échantillon de ce qui se passe chaque jour dans de nombreux pays. Lorsqu'on apprend ce genre de nouvelles, on se dit que décidément les hommes méritent d'être blâmés. Pourtant, regardons derrière ces individus qui masquent la réalité et nous apercevons la multitude qui, elle, n'est pas si mauvaise que ça, et parmi cette multitude nous distinguerons peut-être quelques Terriens bons, généreux, altruistes, qui œuvrent à des tâches nobles.

Ces malheurs que je viens d'évoquer n'empêchent pas la Terre de tourner et le monde de faire son bonhomme de chemin, fort heureusement. Dans les pays où la paix rend possibles les activités humaines, les hommes besognent consciencieusement avec une opiniâtreté qui force le respect. Ainsi, les scientifiques s'obstinent et progressent dans leurs recherches ; les philosophes poursuivent leur quête de vérité et les ermites leur quête de spiritualité ; les sportifs s'emploient à battre des records ; les peintres aiguisent leurs coups de pinceaux avec l'espoir de devenir des génies ; les danseurs exécutent des chorégraphies fabuleuses ; les musiciens composent des partitions extraordinaires pour des chanteurs ou des instrumentistes talentueux ; des sculpteurs façonnent des Vénus ; des écrivains nous ensorcellent de leurs récits ; des acteurs nous enchantent au théâtre et au cinéma… Tous donnent le meilleur d'eux-mêmes. Tous poursuivent la quête du beau, du vrai, du sublime. Dans quel but ? Pour s'exprimer et livrer leur propre vision du monde, disent-ils. Pour devenir riches, célèbres, sans doute. Pour acquérir une grandeur d'âme et atteindre la perfection, probablement. Pour espérer rivaliser avec Dieu, peut-être. C'est ce qu'on appelle l'art. Ça c'est le point fort de l'homme.

S'il y a un domaine où l'homme de La Terre se rachète et mérite notre considération et notre reconnaissance, c'est bien celui de l'art. Certains artistes réussissent à finaliser leurs objectifs, à produire des chef-œuvres inoubliables, à réaliser des exploits qui suscitent une admiration planétaire, à atteindre une renommée internationale. D'autres, moins chanceux ou moins talentueux, resteront à jamais dans l'ombre. Mais tous ont le mérite de consacrer le plus clair de leur temps et de leur énergie à leur passion. Cela ne relève-t-il pas d'une abnégation admirable le fait de passer des dizaines d'heures chaque jour — malgré l'incertitude de la réussite, en faisant abstraction de toutes les autres activités et de toutes les tracasseries qui minent les hommes ordinaires — à tracer des plans et bâtir des cathédrales, à peindre et dessiner, à composer de la musique, à jouer du piano ou de la guitare, à écrire des textes en prose et en vers, à mimer des rôles au théâtre, à peaufiner des numéros de cirque, à photographier avec minutie ? Et toujours sans faire de tort à personne, avec la même obstination et le même souci de produire une œuvre grandiose, émouvante, envoûtante.

Il n'y a qu'à se rendre au musée du Louvre et de contempler parmi les 460 œuvres, celles qui, en plus d'être parmi les plus demandées par le public, offrent un intérêt esthétique et historique incontestable, pour se rendre compte des sentiments qu'un peintre est capable d'inspirer. Allez voir, par exemple, *Le Radeau de la Méduse* de Théodore Géricault, *La Joconde* de Léonard de Vinci, *Les Noces de Cana* de Paul Véronèse, *La Liberté guidant le peuple* d'Eugène Delacroix. Vous verrez ce qu'on peut éprouver devant un tableau de maître et vous comprendrez le véritable sens du mot « art ». Mais comme l'art ne s'arrête pas à la peinture, allez voir aussi un spectacle de danse classique au Bolchoï ou ailleurs, et vous m'en direz des nouvelles. »

20

A ma grande déception, la foule ne fut pas conviée à assister à mon départ, ni probablement informée. Seuls mes amis Couly et Pharma, Fati et Trama furent mis dans la confidence, en dehors des scientifiques qui m'avaient auditionné, des techniciens qui avaient préparé le vaisseau et de l'équipage. Celui-ci comprenait, outre les pilotes et mécaniciens, des experts en tout genre chargés de diverses missions, signe que les extra-terrestres n'avaient pas l'intention de revenir de ce voyage les mains vides. Les adieux furent brefs mais intenses ; malgré l'émotion qui les submergeait, le visage de mes amis restait de marbre et pour cause... mais je sentais que si leurs larmes ne coulaient pas, leur cœur pleurait de cette séparation définitive.

Les robots prirent les commandes et tous les voyageurs sombrèrent aussitôt dans un profond sommeil qui dura pendant la quasi-totalité du trajet.

Je retrouvai mes esprits en pleine nuit, alors que notre vaisseau était suspendu à quelques milliers de mètres d'altitude, dans l'atmosphère terrestre : ultime délicatesse de mes compagnons à mon endroit. Mon réveil avait été programmé suffisamment tôt et avec la hauteur nécessaire pour me permettre d'apprécier ma chère planète sous toutes ses facettes. Je savourai pleinement ce cadeau, conscient qu'une telle opportunité ne se présenterait sans doute plus jamais. Seuls une poignée d'individus ont eu le privilège de contempler *La Planète bleue* de cette façon, d'épouser avec des yeux attendris les contours familiers de ses continents, de ses océans, de ses chaînes montagneuses ; de se repaître visuellement de ses multiples et merveilleux paysages. Mais en même temps, avec quels sentiments mêlés de peine, de tristesse, d'inquiétude, d'indignation ont-ils découvert les injures profondes et sans doute irréversibles causées par l'homme !

Avec une précision admirable, le vaisseau fila vers le sud de l'océan Indien, puis l'île de La Réunion et enfin ma ville natale de Saint-Joseph, partiellement recouverte de nuages. Pas de doute, mes camarades d'Horus savaient s'y prendre pour retrouver une aiguille dans une botte de foin !

On distinguait clairement les rangées de lampadaires qui jalonnaient le cœur de la ville et un peu plus loin les faisceaux mobiles des véhicules qui trouaient l'obscurité par intermittence. Ma hantise était d'être largué loin de chez moi et du centre-ville, dans un de ces lieux encore plongés dans l'obscurité totale que je devrais parcourir à pied. Il était encore moins question que l'on me dépose à cette heure matinale à l'endroit précis où j'avais été enlevé. Sinistres et cauchemardesques le jour, favorables aux légendes de toutes sortes, je n'osais pas songer à ce que ces lieux figuraient dans la noirceur de la nuit. Par ailleurs, je me serais senti ridicule de rentrer chez moi à pied dans la clarté du jour ; n'ayant pas un sou en poche pour me payer un taxi ou un autobus, il ne restait plus que l'auto-stop comme solution envisageable. Finalement — preuve que les autorités horusiennes avaient décidé de me ménager jusqu'au bout — le vaisseau se posa sur le terrain de football de mon quartier, illuminé comme en plein jour. Mes vêtements d'origine ayant été conservés, c'est dans cette tenue insolite que j'eus le plaisir de fouler l'herbe fraîchement tondue, humide de rosée, et que je m'apprêtais à retrouver ma demeure et la civilisation humaine, après ce périple inimaginable loin de chez moi.

Avant de prendre congé, je demandai à mes compagnons si, à leur connaissance, j'avais des chances de les revoir un jour. « Pourquoi pas ? Le moment venu, nous vous ferons « un signe de la main », me répondit l'un d'eux, malicieusement. Que voulait-il dire par là ?

Cependant, rien ne pressait. Je n'allais tout de même pas déclencher une crise cardiaque chez mes proches en les surprenant en plein sommeil, ce que n'aurait pas manqué de provoquer mon apparition soudaine en pleine nuit. Je décidai donc de patienter jusqu'au lever du soleil sous un badamier qui, au plus fort de l'été, dispensait une ombre généreuse très appréciée des joueurs de dominos. Autour de moi, je percevais à travers l'obscurité persistante, les contours flous de quelques constructions qui ne m'étaient pas familières. Rien de surprenant : la commune connaissait depuis quelques années un essor constant qui se matérialisait par l'apparition de nouveaux bâtiments. Cependant, quand les premiers rayons de soleil flamboyèrent au-dessus des montagnes qui au loin bordent la ville, je dus me rendre à l'évidence : la métamorphose était impressionnante. Les gratte-ciel avaient fleuri en grand nombre un peu partout et j'eus un certain mal à reconnaître, accolée à l'un d'eux, la maison qui avait été la mienne. Après le décès de ma mère, le terrain familial jouxtant le mien avait été, par l'artifice du droit de préemption, accaparé par la commune qui y avait fait édifier une résidence HLM. Je nourrissais des craintes légitimes pour le devenir de cette parcelle, je redoutais d'avoir à voisiner après le départ de ma mère, soit avec un parking, soit avec un immeuble : c'était l'immeuble qui avait gagné. Enfin, c'est ainsi que les choses avaient dû se passer logiquement.

Je sonnai au portail. Un inconnu en robe de chambre vint me demander d'un ton agressif à travers les barreaux de la clôture, comme s'il avait affaire à un colporteur qui s'apprêtait à lui forcer la main, ce que je voulais. J'eus toutes les peines du monde à lui faire admettre que j'étais l'occupant légal de cette maison — ce que mon épouse confirmerait s'il voulait bien se donner la peine de vérifier — et que je désirais tout simplement regagner mes pénates, à l'issue d'une absence assez longue.

« Vous vous foutez de moi ! aboya-t-il. Je n'ai pas de temps à perdre avec des plaisantins. La seule épouse qu'il y a dans cette maison est la mienne. Cela fait dix-sept ans que j'ai fait l'acquisition de cette villa, je peux vous montrer l'acte de vente, si vous voulez.

— Excusez-moi d'insister, dis-je, interloqué. Puis-je savoir avec qui vous avez acheté cette demeure ?

— Avec Madame veuve Geneviève MOUSSAT.

— Tout s'éclaire alors. C'est mon épouse. Mais pourquoi dites-vous « veuve » ?

— C'est ce qu'elle m'a dit. C'est avec elle que j'ai traité l'affaire. De toutes façons votre histoire ne m'intéresse pas, débrouillez-vous avec elle. En achetant cette maison, je me suis fait avoir, dit-il en pointant son menton vers l'immeuble détesté. Alors, ne comptez pas sur moi pour vous aider à régler vos problèmes.

— Je ne veux pas vous importuner plus longtemps. Je vous assure qu'il s'agit d'un malentendu. »

C'est ainsi que, refoulé à la porte de ma propre maison, je m'en allais dans les rues en short, T-shirt et baskets, n'ayant sur moi ni papiers d'identité, ni argent.

La ville avait beaucoup changé effectivement. La contournante, longtemps attendue, avait enfin été achevée, permettant d'éviter le centre-ville engorgé, desservant utilement les quartiers périphériques. Un viaduc, soutenu par d'immenses piliers, reliait les points hauts de la ville. Là-dessus glissait, telle une couleuvre d'acier, ce qui ressemblait fort à un tramway électrique. Ce tramway passait par le Piton Babet, colline emblématique de la ville, où un restaurant panoramique, occupant une grande partie du sommet, offrait aux clients une vue exceptionnelle sur l'océan Indien.

En pareil cas, la raison commande à l'homme infortuné de s'élancer à la recherche de sa femme, de ses enfants ; de retrouver au plus vite son identité, ses activités et sa place dans la société. Quelles étaient mes chances de retrouver mes proches et mes habitudes ? La vente de ma maison remontait à dix-sept ans, d'après l'inconnu. J'avais donc passé au moins dix-sept ans loin des miens. Énormément de choses peuvent se passer en dix-sept ans ! Mon avenir s'annonçait bien complexe.

L'âme perturbée, ne sachant que faire, je me dirigeai à tout hasard vers le centre-ville. Peut-être que des gens me reconnaîtraient ; je lierais conversation, j'expliquerais qui j'étais et l'on m'aiderait sans doute à trouver, ne serait-ce qu'un hébergement pour la nuit. N'était-ce pas naïf ? Déjà, à l'époque de mes soixante ans, je me plaignais d'être à peine connu dans ma propre ville, celle où j'étais né, avais grandi et avais toujours vécu. Plus on vieillit, plus on est entouré de gens qui viennent d'autres horizons, auxquels s'ajoutent les nouvelles générations successives. Dans ces conditions, il n'est pas étonnant que l'homme vieillissant se sente de plus en plus transparent dans la société qui s'anime autour de lui.

Dans le centre-ville, la modernité se manifestait également par l'apparition de panneaux géants à affichage lumineux sur lesquels défilaient des informations pratiques : grands événements du jour, température, état de la mer, force du vent, heure, date : 15 décembre 2038. Mon absence avait donc duré 21 ans.

Saint-Joseph était jadis une ville terne. Les fêtes organisées par la municipalité rencontraient peu de succès et de toutes façons rassemblaient des gens individualistes qui parlaient peu ou pas du tout entre eux et n'avaient pas l'air de s'amuser. Vingt-et-un ans plus tard, il faut reconnaître que les choses avaient changé positivement. Le grossissement de la population avait favorisé le changement des mentalités ; c'était l'époque qui voulait ça peut-être. A présent, les gens sortaient volontiers, causaient joyeusement et n'avaient pas peur d'aller à la rencontre des autres. Parmi les passants qui profitaient ainsi de leur temps libre pour flâner, il n'était pas difficile de distinguer les retraités d'âge mûr des nombreux touristes, qui eux étaient reconnaissables : tenue décontractée, teint rosi par le soleil, appareil photo en bandoulière, sac banane et mine de découvreurs ahuris. Les autres promeneurs, relativement nombreux et plus jeunes, outre quelques authentiques chômeurs, étaient probablement des inactifs vivant des minima sociaux. S'attardant devant les vitrines bien achalandées, ou s'avançant dans les rues dans une démarche féline, les filles étaient insolemment fraîches et belles. Certaines se retournaient sur mon passage avec un intérêt évident ; mon aspect physique y était-il pour quelque chose ? La vérité m'oblige à dire que je n'étais plus tout jeune — 81ans, d'après mes calculs — et que cette marque d'intérêt flatteuse avait disparu bien avant mon départ forcé pour Horus. Quelque chose avait assurément changé dans ma physionomie. Des désirs, profondément enfouis en moi, resurgissaient soudain avec force.

Une chose en emmenant une autre, cette affluence populaire avait attiré des artistes ; ces derniers animaient agréablement les places et rues piétonnes et cela, spontanément, en l'absence de toute fête officielle ou privée. Le public était demandeur de divertissements et il se trouve que des artistes étaient disponibles et ravis de leur en donner. Un clown auguste portant une perruque flamboyante et un nez rouge démesuré retint quelque temps mon attention, puis ce fut un funambule qui jonglait sur un monocycle. Poursuivant ma balade, je dus m'écarter pour laisser passer un géant qui marchait sur de longues échasses.

Enfin, je tombai — sans doute avais-je été guidé par la musique — sur des musiciens de rue qui chantaient et jouaient de divers instruments. J'empruntai à l'un d'eux une guitare acoustique branchée à un ampli Cube Street Roland. Avec une aisance qui me surprit moi-même, ma main gauche se mit à courir sur le manche de la guitare, pressant des accords compliqués tandis que les doigts de ma main droite réalisaient des arpèges avec la souplesse d'un grand guitariste classique. Là-dessus je posai une voix délicate et, servi par une mémoire vigoureuse, j'entonnai quelques tubes des années 2000 que je classais personnellement parmi les plus belles chansons du monde. La magie semblait opérer car de nombreux badauds se pressaient autour de moi, applaudissaient chaleureusement et ne se faisaient pas prier pour jeter à mes pieds des pourboires généreux. Enhardi par cette première expérience, je me risquai à improviser des chansons dont je composai instantanément les paroles et la musique. Pas n'importe lesquelles ; des paroles qui avaient du sens et sonnaient bien ; des mélodies entraînantes que le public pouvait entonner facilement. Mêlées à la foule, des jeunes filles souriaient à pleines dents, en me fusillant du regard. Je me gargarisais de ce succès inattendu qui ne tarda pas à me tourner la tête.

Tout à coup, un murmure s'éleva, les spectateurs s'écartèrent et firent cercle autour d'une cinquantenaire qui était allongée par terre. Elle venait de tomber comme une masse, sans connaissance. Pendant que deux ou trois personnes tâchaient de composer le 15, je me précipitai sur la victime. Je lui pris la main et lui parlai : aucune réaction. Sa poitrine ne se soulevait pas, elle ne respirait pas. J'en déduisis qu'un trouble du rythme empêchait son cœur de pomper le sang et de le faire circuler dans l'organisme, privant les cellules de l'oxygène nécessaire. On sait que dans ces cas-là il n'y a pas de temps à perdre si l'on veut éviter la mort. Je me mis à genoux près du corps inerte, je positionnai mes mains l'une sur l'autre et les appuyai de tout mon poids sur son thorax en les enfonçant de 3 à 4 centimètres. Je pratiquai ainsi 100 compressions par minute, par séquences de 30, jusqu'au moment où je sentis la vie revenir en elle. Lorsque je me relevai, les pompiers étaient là avec un défibrillateur. La dame était sauvée. Ils me félicitèrent pour l'efficacité de mes gestes.

Sur un large trottoir non loin de la mairie, un attroupement s'était formé autour d'un peintre. Debout devant son chevalet, il proposait aux passants de peindre leur portrait. Sans attendre sa permission, je saisis un fusain dans son attirail et me mis à esquisser le visage d'une jolie créole qui venait dans notre direction et, avant qu'elle ne s'éloigne, je tendis mon dessin à bout de bras pour le montrer aux badauds.

« C'est aussi net qu'une photo ! » lança quelqu'un dans l'assistance.

— Bravo ! dit un autre, c'est impressionnant !

— Vous peignez sur commande ? demanda un troisième. Où se trouve votre atelier ? »

Le peintre arracha le fusain de mes mains et son visage devint tout rouge. Il était jaloux et fâché, ce qui peut se comprendre. Mon esquisse était parfaite ; la concurrence était trop rude.

En arrêt devant une vitrine où ils admiraient des articles locaux en vannerie, un couple d'Allemands conversaient avec un passant. Dans un français épouvantable, à peine compréhensible, ils essayaient de savoir s'il existait un sentier menant directement de la ville vers le volcan qui venait d'entrer en éruption. Je m'immisçai poliment dans leur conversation et leur proposai mon aide.

« Sind Sie deutsch ? Ich spreche deutsch und ich kann Ihnen helfen, wenn Sie es wollen… » Aussitôt qu'ils reconnurent leur langue natale, ils s'animèrent et une discussion nourrie s'engagea entre nous, sur divers sujets.

21

Je m'installai provisoirement dans un hôtel haut de gamme fraîchement construit, avantageusement situé dans un haut quartier de la ville, bien desservi par les routes et le nouveau tramway. J'avais gagné suffisamment d'argent grâce à mes nouveaux talents de chanteur-musicien de rue pour me permettre de vivre confortablement durant deux semaines et je ne comptais pas en rester là. Puisque musicalement cela avait marché, je pouvais poursuivre dans cette spécialité et tenter ma chance dans d'autres villes aussi longtemps que je voulais. C'était facile et sans risque, mais j'avais hâte de découvrir mes autres pouvoirs et de les exploiter. Je n'avais aucun doute là-dessus : mon séjour sur Horus avait fait de moi un être différent, avec des facultés hors du commun, qui ne demandaient qu'à s'épanouir. Car enfin, tout cela n'était pas naturel.

J'avais attiré les faveurs du public en interprétant des variétés, accompagné d'une guitare. Cela peut paraître commun. Il y a pas mal de gens qui sont capables de chanter et de s'accompagner à la guitare, sans préparation spéciale. Ce sont des gens doués comme il y en a dans tous les domaines. Mais moi je n'étais pas doué, ni en guitare ni en chant…

Je venais de sauver, d'une mort quasi-certaine, une dame victime d'un infarctus. Le fait est d'une banalité déconcertante. N'importe qui a suivi un stage de secouriste peut prodiguer les premiers soins à une personne en détresse cardiaque, comme je l'ai fait. Sauf que moi, je n'avais aucune notion de secourisme. J'avais agi naturellement, instinctivement, avec bon sens, comme si ce savoir-faire était inné chez moi.

Devant le peintre aussi, je n'avais commis rien d'extraordinaire : pas mal de gens ont un bon coup de crayon. En ce qui me concerne, je n'avais jamais su ni dessiner ni peindre. Si on m'avait forcé à le faire, on n'aurait pas pu dire si mon dessin représentait un cheval ou un chien.

Enfin, de nos jours, nombreux sont ceux qui parlent couramment plusieurs langues étrangères. Dire qu'on parle l'anglais, l'allemand ou l'espagnol n'épate plus personne. Moi, il se trouve que j'avais arrêté l'allemand depuis la classe de troisième et que dans ma vie, je n'avais jamais eu l'occasion de mettre en pratique ces médiocres rudiments germaniques, qui avaient à peu près disparu de ma mémoire. Alors cinquante-sept ans plus tard, s'entretenir couramment dans la langue de Goethe avec deux authentiques Teutons relevait manifestement de l'exploit.

Au vu de ces différents éléments, doutera-t-on encore que, grâce aux techniciens d'Horus, mon organisme a subi une transformation radicale jusqu'à me rendre performant dans plusieurs domaines ?

Avant de me décider sur la suite à donner à ma vie, il me fallait cependant d'abord répondre à plusieurs questions : « Dans quels domaines étais-je excellent ? Qu'est-ce qui m'intéressait le plus dans la vie ? Quelles étaient mes motivations ? Devenir riche, célèbre et vivre confortablement ? Pratiquer une activité professionnelle correspondant à mes goûts et s'apparentant en quelque sorte à un loisir ? (comme chanter et jouer de la guitare). S'agissait-il enfin de mettre mes talents au service de mon pays et de mes concitoyens, en travaillant dans des activités stratégiques qui requièrent habileté, vivacité d'esprit, patriotisme ? Chercheur, ingénieur, médecin, chirurgien, militaire ; être un grand économiste ou un homme politique avisé sachant prendre des décisions intelligentes pour son pays : les exemples ne manquent pas où un génie a la possibilité de se rendre utile à son pays.

La jeune fille de l'accueil était ouverte et avenante. Elle paraissait aimable et encline à la conversation ; elle avait l'air d'apprécier mon humour subtil — preuve qu'elle n'était pas idiote — et riait franchement à chacune de mes plaisanteries, ce qui me donnait envie d'approfondir notre relation. J'avais évidemment une idée derrière la tête — un impérieux besoin de tendresse et plus à assouvir d'urgence. Mais c'était trop beau pour être vrai et de toute façon, je n'avais jamais aimé les conquêtes trop faciles. Si elle était facile avec moi, elle pouvait l'être avec n'importe qui et peut-être que des dizaines d'autres avaient déjà profité de ses faveurs, Et puis, il serait étonnant que dans un établissement aussi distingué l'on autorise le personnel à frayer avec les clients.

En attendant d'être inspiré et de prendre la décision qui allait définir mon nouveau cadre de vie, je pensais à mon passé dont il me tardait de retrouver des traces. J'avais revu mon ancienne maison — quoique dépareillée au nouveau décor — et les rues qui avaient peu changé dans l'ensemble. J'avais hâte surtout de revoir des personnes que j'avais connues et qui me reconnaîtraient peut-être. Pour cela, il me fallait tenir compte du vieillissement : vingt-et-un ans de plus, ça change un homme et une femme. Il ne me servait à rien d'être devenu un individu supérieur si je ne pouvais pas faire valoir cette ascension auprès de ceux qui m'avaient connu médiocre ; si je ne pouvais pas deviner dans leur regard la stupéfaction et l'admiration. Aucun visage ne m'était familier parmi le personnel de l'hôtel, et évidemment personne ne me connaissait. Cet anonymat pouvait servir certains desseins, mais le mien.

C'est au beau milieu de ces réflexions que je l'aperçus dans le salon de l'hôtel. Ses cheveux châtain foncé, longs et ondulés, encadraient un adorable visage de métisse indienne, discrètement maquillé, sauf les lèvres qui, carminées à souhait, évoquaient immédiatement une sensualité à fleur de peau. Sa robe fourreau en mousseline saumon, légèrement dénudée aux épaules, avec des fleurs blanches sur la poitrine, se découpait assez haut au-dessus des genoux sur des jambes de mannequin. Ainsi apprêtée, elle avait tout à fait le profil d'une femme qui s'était faite belle pour attendre quelqu'un — un homme forcément — avec qui elle allait passer une soirée mondaine et plus si affinités. Assise à une table devant une bouteille d'eau minérale et un verre, elle n'avait d'yeux que pour son smartphone sur lequel elle pianotait sans relâche. Plus le temps passait, plus elle donnait des signes de nervosité et d'impatience. Si la mode avait été encore au tabagisme en ce milieu du vingt-et-unième siècle, elle aurait probablement grillé cigarette sur cigarette, en humant vigoureusement la fumée et en écrasant ses mégots avec rage. Caché derrière un journal qui semblait absorber entièrement mon attention, je ne perdais pas une miette de la mini-tragédie qui se jouait à quelques mètres de moi. Flairant la bonne affaire, je m'approchai d'elle à pas de loup et me jetai à l'eau :

Vous habitez dans cette ville ? On m'a parlé d'une exposition très intéressante qui se tient dans les locaux de la médiathèque, savez-vous où elle se trouve ?

— Je ne saurai vous renseigner, j'habite dans le Nord, je suis ici pour le week-end.

— Dans ce cas, je ne vous importunerai pas davantage, dis-je en faisant mine de m'éloigner.

— Attendez ! Peut-être pourrions-nous prendre un verre ensemble…

J'aurais voulu mettre les formes, engager délicatement la conversation sur des sujets de culture générale, les expositions artistiques, le cinéma, les actualités, la météo — très capricieuse dans cette région —, mais elle m'entraîna d'elle-même sur des sujets libertins. Elle me raconta tambour battant comment elle avait été mariée pendant cinq ans à un homme sobre — sexuellement, cela s'entend. Il faisait peu de cas avec elle, jamais un compliment ou un bouquet de fleurs, couchait rarement avec elle et quand il le faisait c'était toujours précipitamment, sans préliminaires, donnant l'air de prendre cela comme une corvée dont il s'acquittait par pur devoir conjugal. Lorsqu'elle était seule, elle rêvait d'amour romantique avec un homme qui saurait apprécier ses qualités esthétiques, qui la flatterait, la cajolerait et lui apporterait toutes sortes de satisfactions. En attendant, pour se satisfaire, elle s'était fait une spécialité des plaisirs solitaires. « Je l'ai plaquée du jour au lendemain sans explication et depuis ce temps, je papillonne. »

Puis elle aborda sans retenue les maladies sexuellement transmissibles, avec une insistance qui ne tarda pas à m'alerter. Elle craignait par-dessus tout le sida ; elle reconnaissait qu'il était maladroit, voire impossible de réclamer à ses amants un certificat de bonne santé sexuelle avant tout rapport, l'empressement et la peur de décevoir le partenaire étant des obstacles insurmontables. Je sentais venir le moment où elle allait m'arracher le serment que je n'étais pas porteur du VIH, avant d'abolir la frontière physique qui nous séparait, mais elle n'alla pas jusque-là. Cependant, je n'étais pas aveugle et je compris que mon affaire était bien engagée. Quant à mon âge, il ne paraissait pas la préoccuper. Rien d'étonnant à cela : les techniciens d'Horus m'avaient rajeuni le portrait, me donnant l'air d'un fougueux quadragénaire.

La soirée se poursuivit au restaurant de l'hôtel où nous prîmes un excellent repas, concocté par un chef réunionnais ayant travaillé chez Joël Robuchon ; et de la table à ma chambre il n'y eut qu'un pas que nous franchîmes sans complexe.

Il n'est pas nécessaire de raconter la suite. Elle n'avait pas menti sur ses dispositions péripatéticiennes ; elle aimait ça, elle était douée et y mettait de l'application. De mon côté, j'étais en forme et je dois dire que pour un homme de quatre-vingt-un ans, je fis honneur à la gente masculine. Sans recours au viagra, je soutins un rythme d'enfer, à faire pâlir de jalousie un jeune de vingt ans.

Ils sont légions les hommes qui se vantent d'être, au lit, des étalons capables de satisfaire leur partenaire durant toute une nuit. Multi-orgasmes, hurlements de chattes, toutes les positions du Kamasutra : à les entendre, leurs prouesses n'auraient rien à envier aux scénarios des films porno. Pour ma part, je dois reconnaître humblement que j'avais toujours été un faiblard dans ces jeux sexuels et qu'une femme aurait été bien déçue si elle comptait sur moi pour passer une nuit blanche érotique.

Alors, que s'était-il passé ? Jusqu'ici, je n'avais pas plus de talent pour la musique que pour la médecine, la peinture, les langues étrangères, les ébats sexuels ou autres. Et pourtant je venais de réaliser spontanément des exploits qui avaient ébahi des centaines de témoins. J'avais des capacités qui m'étaient inconnues jusqu'à présent. Bien entendu, ces dispositions nouvelles avaient un rapport avec le lifting cérébral que j'avais subi sur Horus. Dans l'euphorie du moment, je songeai avant tout aux perspectives nouvelles qui s'ouvraient devant moi. J'avais trouvé un moyen provisoire de me faire du pognon, je n'étais plus un misérable désargenté, j'avais maintenant de quoi payer mon gîte et mon couvert. La vie me tendait les bras.

Je me réveillai le lendemain à 9h, avec une douce sensation de bien-être, dans une chambre totalement inondée de soleil. Francia avait disparu sans laisser de trace. Ça devait être une habitude chez elle. Alors que je m'apprêtais à me lever pour aller prendre le délicieux petit-déjeuner qui m'attendait, je sentis un point brûlant dans ma main gauche. Je crus d'abord qu'il s'agissait d'une ampoule. Je frottai l'endroit sensible : aucune trace d'ampoule, la peau était lisse. Soudain, là où la douleur était plus intense, une petite lumière se mit à clignoter. Il me revint alors cette phrase laconique qu'on m'avait glissée peu avant de quitter le vaisseau spatial : « Lorsque nous aurons besoin de vous, nous vous ferons un signe de la main. » Il était clair que mes amis extra-terrestres avaient choisi ce moyen pour me signifier qu'ils voulaient me contacter.

Fin